DE OCTO

orationis par-
TIVM CONSTRVCTIO-
ne libellus, cum commentariis Iu-
nii Rabirii.

NOLI ALTVM SAPERE

PARISIIS.
Ex officina Roberti Stephani.
M.D.XXXVII.

IVNIVS RABIRIVS IOHANNI.
·à Pulchro riuo Præfecto Brageraci s.

ERMAGNI interest discentiũ, Præ-
fecte vrbis, linguæ Latinæ fideliter i-
nitiari: quippe qui nisi his, quibus ætas
puerilis ad humanitatem informari solet, arti-
bus docte erudiantur, frustra in cæteris elabo-
rabunt. Hanc plagam plerique istic acceperũt:
quorũ omnis in euoluenda legum sylua opera
vnam ob causam perierat: quòd emendatè loquendi scientia minime succincti, & vt Græci
dicunt, ἀνίπ{οις χειρσὶν, rem tantam, vbi verborum elegantia refulget, aggrederentur. Cuius
pestis causa ac origo mihi cũcta rimanti, ea vel
prima succurrit, quòd dum nescio quas Gram
maticæ claues, aurea compendia, postremò dictata, quas scripturas illi vocant, nudè ac frigi-
dè doceant, inculcēt ipsi præceptores vitiosi, vt
nusquam magis similes habeát labra lactucas:
non fieri potest, vt orationis munditiem sibi
comparet puer. Nec enim is rectè quenquam
erudiet, cui⁹ sermo vitiosus sit: vt nulla res dat
alteri colorem, quem ipsa non habet. Hoc tamen plerique eo (me Deus ita amet) superci-
lio faciunt, vt se rei grammaticæ Atlantes ia-
ctent, ídque pueris miseris persuadeant: quod
etiam vnius cõfessione expressimus, qui extin
ctam Grãmaticam dicebat se ab inferis posse

reuocarē,cui tamen tertio q́uoque verbo ſolœ
ciſmi fœditas excidebat.Cōtrà quiſquis is fuit
πανεργασμιος hui⁹ libelli author,nuda præcepto
rum trāditione omiſſa, pueritiæ formularū il-
lecebris blandiens, illectat ad Latini ſermonis
elegantiam. Quod opus cum ciuibus tuis lu-
dens expoſuiſſem,rationémq; contexendæ o-
rationis,vt ſine vllo errore pueri Latine loquę
rentur, demonſtraſſem: loca authorū,quæ veluti ſua fide interſeruit,indicando: à me quidā
familiariter poſtulauerunt,vt dictata hæc in a-
pertum proferrem:quibus diu ſum equidē reluctatus, ꝗ diuini hominis Budæi Romanæ fa
cundiæ diuitias meis velut per manus compen
dio traditas,accedente Gallicanæ dictionis lu-
mine,publico committēdas prius ducebā. Sed
neſcio quo fato factū dicam,vt is propitia La-
uerna plagiarius quidam me Toloſæ prælegen
tem ſpoliarit:quæ iniuria mihi muſſitāda fuit.
Sed ne viderer partim meos, partim præcepto
res(erat enim huic rei grauis,& incredibilis pa
rata quædā expectatio)vana ſpe lactaſſe, famā
eruditionis affectans,vt fidem meam aliqua ex
parte liberarem, ſchedas has ſub incudem re-
uocaui:à quibus ne quenquā obſcuritas reii-
ceret, penè ſingulas phraſes verbis ad id ſigni-
ficandū maxime accōmodatis populari lingua
reddidi,doctorum vſus conſilio:quorū æmula
ri exopto negligentiā potius, quàm quorundā

affectatā & obſcuram diligentiam.Quis enim
neſcit pueris erudiendis omnia iuſto clario-
ra eſſe oportere?quorū diſciplinam formanti
deuorandum tædium illud,tenuiſſimas parti-
culas atque omnia minuta manſa, vt aiunt nu
trices,in os inſerēdi.Itaque mihi vitio verti nó
debet,ſi commoda breuitate accedente,verbo-
rum facili enarratione pueros ineſcandos cen
ſui, multa ad firmius ætatis robur reſeruans:
quibus affixis verebar ne laboris moleſtiis de-
territi,multi deficerent à Muſis:quorum non-
nullis vel tædii muſca animum refringit & eii-
cit.Quid?quod Quintiliano inter grammatici
virtutes eſt aliqua neſcire.Hos commentarios
Roberti Stephani commiſi, ac mandaui fidei:
qui vnus maxime omniū occurrebat emēdan
dis reſtituendíſque literis natus,& vt ita dixerim,factus ſculptúſq;.Quare,quod mihi optan
dum fuit, diuina quadam virgula cōtigit,tum
typographi in iis emendandis, quæ mihi non-
dū refrigerato inuentionis amore excidiſſent,
fœlix iudicium:tum tui nominis ſplendor,cui
editionem hanc nuncupare viſum fuit, non ſo
lum propter tua in me officia, quibus tibi animam debeo:neque propter illam vtriuſque iu
ris diſciplinam,pari prudentia coniunctam,cu
ius commendatione clariſſimi principis Lau-
ſunei domus conſilio tuo innititur, imò in te
vno omniū noſtratium ſpes ſita eſt: qua famæ

celebritate Chriſtianiſſimus Galliarū rex te iſ-
ſta præfectura donauit:verùm ꝗ amplitudinis
tuæ odore tutus liber ſinc inuidia laudem in-
ueniet, amicóſque parabit. Vale. Lutetiæ.A N.
M. D. X X X I I I I. X I I I. Calend. Martii.

IOHANNES COLETVS DECANVS SAN-
cti Pauli,Gulielmo Lilio ad diuum Paulum ludi
moderatori primario.   s.   D.

A V D aliter mihi videor affectus in nouam
H   hāc ſcholam noſtram,Lili chariſſime, quàm
       in vnicum filium pater,in quem non ſolum
gaudet vniuerſam ſuam ſubſtantiam transſunde -
re, verumetiam ſua viſcera (ſi liceat) cupit imparti-
ri.Nam vt huic eſt parum genuiſſe,niſi eundem dili-
genti educatione ad bonam frugem prouexerit : ita
meo animo non ſatis eſt quòd ludum hunc inſtitui,
hoc eſt genui : quódque inſumpto patrimonio vni-
uerſo, viuus etiam ac ſuperſtes ſolidam hæreditatem
ceſſi : niſi modis omnibus dem operam, vt pijs moribus & bonis literis diligenter educatus,ad maturam
frugem adoleſcat. Proinde,libellum hunc De cōſtru
ctione octo partium orationis ad te mitto, puſillum
quidem,ſed non puſillum vtilitatis allaturum noſtrę
pubi,ſi diligenter abs te fuerit traditus.Scis in præce-
ptis breuitatē placere Flacco,cuius ſententiam & ipſe vehementer approbo. Porro, ſiqua præterea erunt
digna cognitu , tuarum partium erit, vt incident, in
prælegendis authoribus adnotare. Bene vale. Domi
noſtræ. A N. M. D. X X I.

ERASMVS ROTERODAMVS
candidis lectoribus   S. D.

IPSA re comperio verum esse quod
olim Græcorum prouerbio dictū est,
δῶρον ἄκαιρος οὐδὲν ἔχθρας διαφέρει.
Video passim exoriri mei nominis & quàm i-
pse velim studiosiores, qui libros mihi asserūt,
quos aut non scripsi, aut certe non in hoc scri
psi vt ederentur. Vetus hic mos studiosorum
hominum, vt omnes animi affectus chartis
ceu fidis (vt ait Flaccus) sodalibus commit-
tant. Neque protinus euulgari velimus, quicquid cum amiculo congerrone vel stomacha-
mur vel nugamur. Ediderunt epigrāmata, à me
quidē scripta non inficior: sed non in hoc scri
pta. Ea (sicuti coniicio) famulus suffuratus ty-
pographis vendidit. Alius quispiam ex paucu
lis paginis, iísque deprauatissimè scriptis, velut
ex opere edito, dictu mirum quàm multa ci-
tet, & inculcet de ratione conscribēdarum epi-
stolarum. Et, vt de cæteris minutioribus sileā,
nuper hunc περὶ συντάξεως libellum mihi veluti postliminio vindicarunt, primitus nullius
editum titulo. Quærebat Iohannes Coletus,
Theologus inter anglos eximius, nouæ scho-
læ suæ nouum de constructione libellum, qui
simul & copendio pueris cōmēdaretur & per-
spicuitate. Eū huius iussu scripserat Gulielmus

Lilius , vir vtriufque literaturæ haud vulgari-
ter peritus,& mirus recte inftituendæ pubis ar
tifex.Abfolutū ab illo mihi tradidit,imo obtru
fit emendandum.Quid enim facerem,cū vir il
le rogandi finem non faceret, tam amicus , vt
nefas effe ducerem quicquam negare precāti:
tantæ verò authoritatis, fic de me meritus , vt
fuo iure quiduis etiā imperare poffet Erafmo?
Quoniam autem fic emendaram, vt pleraque
mutarim (nam id mihi videbam effe facilius)
nec Lilius,vt eft nimia quadam modeftia præ-
ditus,paffus eft librū fuo vulgari nomine: nec
ego iudicaui mei candoris effe vfurpare mihi,
in quo quicquam effet alienum . Proinde magnopere fum interminat⁹, cuiufuis titulū afcri
berent,modo ne meū. Itaque recufante vtroque libellus ἀνώνυμος prodiit, Coleti duntaxat
præfatiuncula commendatus . Quem quidem
libellum in præfentia, nec laudaturus fum, ne
cui videar arrogantior : nec vituperaturus, ne
parum candidus habear . Verum hæc præfari
vifum eft, ne pofthac quifquam vt meū ample
ctatur,quod ipfe præfatiuncula mihi non affe-
ro.Plus fatis erratorum & in iis quæ publican-
tur à nobis , vt nemo alius edat , quæ vel non
fcripfimus,vel non emendauimus.Bene vale le
ctor amice. Bafileæ , I I I. Calendas Augufti.
M. D. X V.

De Cōstructio-

NE VERBI.

NOMINATIVVS CVM VERBO.

Omne verbum antecedit no-
minatiuus agentis seu patientis eiusdē numeri & per-
sonæ:vt,

Ego doleo.   Tu gaudes.
Illi rident.   Nos fallimur.

Verbo personali finito nominatiuum præponi-
mus simili numero & persona.

Ego doleo, *Ie suis marry.* En nominatiuus (ego) ver
bo (doleo) præfixus, cum eo numeri eiusdem ac personæ. Vtrunque enim singulare est, personæ primæ.

Sic, Tu gaudes, *Tu es ioyeux.*

Illi rident, *Ceulx la se mocquent.*

Nos fallimur, *On nous trompe:* vel, *Nous nous abusons.*
Pronomina enim vim nominis habent, sed emenda-
te loquentium aures offendit vnum hominem multitudinis numero compellandi consuetudo: qua sermonis fœditate aliorum auribus plerique seruiunt:
quod vt est reprehendendum, ita orationis vitiū est.
Nam tuipsandi iniuria apud Romanos nulla sit, nisi

cum genus significamus, non personam: quale est illud Nasonis, Quæ vestra libido est. Taxat enim vi-
rorum genus : veluti siquis vni meretrici dicat, Vos
estis pernicies adolescentum: non vnam notans, sed
totum ordinem. Maxime tamen in prima persona va
lebit numeri illa libertas . Cicero ad Brutum, Populo, inquit, imposuimus, & oratores visi sumus. cũ
de se tantum loqueretur. Quas formulas tropis assi-
gnat Fabi⁹ lib.8. In tertia inuidiæ causa mutauit Te
rentius, Cum, ait, ad vxores ventũ est, tum fiunt senes. cum de vno Chremete diceretur. Porrò quædam
specimen solœcismi habent : vitiosa tamen dici non
possunt. Cicero pro Rabirio, Fit Senatusconsultum,
vt C. Marius L. Valerius consules adhiberent Tri-
bunosplebis & Prætores, quos eis videretur. Cæsar,
Ad hæc quæ visum est, Cæsar respondit. vbi orationis integritati deest (respõdenda esse): nam hic du
rior antiptosis vsus, quàm vt Romana puritas ferat.
Quo fit vt in illo Virgilij, Vrbem quam statuo, vestra est: nulla casus permutatio sit: verùm ad cõstru-
ctionis numeros (vrbs) desyderatur.

Illud non omittendum, agentis nominatiuum dici, qui rei cuipiam operam dare intelligitur: hoc enim
agere est: vt, Ego amo. Otiosum me non vides. Patiẽ-
tis verò nominatiuum interpretamur, cui nolenti vo
lẽti, *ribon ribaine*, aliquid fit: vt, Tu amaris à me. (Tu)
nominatiuus patientis est . Velis enim nolis me tui
capit amor.

Addunt plerique affectionem neutram, cum in a-
liam personam significatio non transit . Pateo enim
aures, inauditum est. dictũ autem oportuit, Patefa-
cio aures. Cic. Ita fit vt his assentatoribus patefaciat

aures. *Qui leur preste l'oreille.* Hìc multi phyſicum agentes, ſuas partes omittunt magna iuuentutis iactura.
Illud denique ſubiungam, quò puer verborum elegantiam imbibat, Antecedere, Præcedere, ad quæ Se-
qui & Apponi referuntur, à doctis vſurpari : pro eo
quod eſt Regi. Gaudere autem & Aſciſcere, & quæ
vtrinque locum habét, ne pueris afferant errorem A
priori vel A poſteriori, pro ſententiæ ratione accipi-
ent. Neque doctis diſplicebit, Ante habet, Poſt ſe ha
bet, In datiuum fertur: pro eo quod eſt Regit. Niſi
quòd eorum ſpecies, regendi verbum videtur, quo
verbo & Valla vſus eſt: Regunt, inquit, caſus, regun-
túrque à verbo & participio.

APPENDIX I.

Prima & ſecunda perſona ferme nõ
explicantur, niſi diſcretionis aut Emphaſis cauſa.

Nos accuſauimus.   Vos damnaſtis.
Tu audes iſta loqui?

Qui Latinè ſciunt, verbis primæ & ſecundæ perſonæ pronomen (tu) non addunt. Terentius, Quin
omitte me. *Laiſſe moy en paix.*

Niſi diſcretionis cauſa: vt, Nos accuſauimus, Vos
damnaſtis. *Nous auons accuſé, & vous condamné.* Eſt autem diſcretio, cum aliquorum ſtudia contraria ſunt.
Terentius in Phormione, Nunc prior adito tu: ego
in inſidijs hîc ero ſuccenturiatus. *Va deuant, ie ſeray icy
au guet pour te faire ſecours.*

Emphaſis verò cauſa: vt, Tu audes iſta loqui? Cicero Lętulo, Ego omni officio, ac poti⁹ pietate erga te,

cæteris fatiffacio omnibus,mihi ipfe nunquam fatif-
facio.Ego Cicero,qui fum tua caufa ab exilio reuo-
catus,qui tibi animam debeo. *Qui fuis tenu a toy autant*
*qua homme du monde.*Eft enim emphafis, vt Quintiliano placet, amplior virtus, altiorem præbens intellectum,quàm quem verba per feipfa declarant.

APPENDIX II.

Aliquoties orationis pars , nominatiui vice ponitur:vt,

Dolet mihi quòd res non cefferint tibi
ex fententia.

Oratio,eft integræ fententiæ explicatio:cuius partem dicimus fragmentum eiufdem , velut incifum,
qui vocum contextus (claufulam imperfectam alij,
appellatum alij vocant)fententiam non abfoluit. Is
nominatiui vice ponitur:vt,Dolet mihi quòd res nō
cefferint tibi ex fententia.*Te fuis dolent que ton affaire neft*
*uenu ainfi que tu uoulois.*Cuius orationis illa pars(quòd
res non cefferint tibi ex fententia) nominatiui vice
pofita eft: illi enim parti tanquam nominatiuo refpondet verbum(dolet).

Quod agis,bene vertat:Profpere fuccedat,quod a-
gis:ad hanc formam pertinent, *Dieu uueille que ce que tu*
fais aille bien.

Item à pofteriori, nominis partes agit orationis
pars: vt in illis bene precandi formulis , Quod agis,
bene fortunent fuperi. Precor vt hic dies tibi candidus illuxerit. *Dieu te doint le bon iour.*Bona dies,durum
quidem videtur: ficut bonus vefper.Illud autē dul-
cius,Faxit deus,vt aut placide dormias, aut fœliciter

ſomnies . Precor vt tibi ſecunda ſuccedant ōmnia.
Dieu vueille que tous tes affaires aillent bien.

Item verbum infinitum:vt,
Mentiri non eſt meum.

Adhæc verbum infinitum pro nominatiuo poni-
tur. Horatius, Virtus eſt vitium fugere. *Vertu eſt fuyr*
*uice.*hoc eſt,Virtus eſt fuga vitiorum:vbi verbum infinitum pro nomine ſequitur . In illo autem Perſij
præcedit,Velle ſuum cuique eſt.*chaſcun ha ſon uouloir.*
Mentiri non eſt meum.*ce neſt pas a moy de mentir.*Hic
infinito verbo vſus eſt pro appellatione: mendacium
enim meum vult intelligi.Eiuſmodi partium muta-
tionem Quintilianus figuris aſſignat lib 9.

APPENDIX III.

Cum plures nominatiui ad idem
verbum referuntur, ad hunc fere modum efferuntur.

Pater & præceptor accerſunt te.

Ego & tu ſumus in tuto.

Tu & pater eſtis in periculo.

Ego cæteríque cognati periclitamur.

Duo ſingularia,vinculo intercedente,poſtulāt plu
rale verbum:vt Pater & præceptor accerſunt te. *Ton*
*pere & le maiſtre tappellent.*Quòd ſi alterū perſonæ primæ eſt,eiuſdem verbum erit.Si verò pronomen(tu)
perſonæ tertiæ connectitur, ſecundæ perſonæ verbū
eſto.Optimus teſtis eſt Cicero ad Terētiam his verbis,Si tu & Tulliola valetis, ego & Cicero valemus.

Si toy & Tullia ma fille uous uous portez bien, moy & mõ filʒ
Cicero auſſi nous nous portons bien.

Ad hunc modum dicimus,

Ego & tu ſum⁹ in tuto. *Moy & toy ſommes en ſeurté.*

Tu & pater eſtis in periculo. *Toy & ton pere eſtes en*
danger.

Ego cæteríque cognati periclitamur. *Moy & mes pa*
rens de deuers ma mere ſommes en danger.

APPENDIX IIII.

Quæ per ſe multitudinem ſignificant, aliquando numero diſcrepant: vt,
Pars abiere.

Quædam, quæ collectiua appellant, numero ſingu
lari multitudinem ſignificant: & eò plurale verbum
efflagitant. Huius claſſis ſunt, populus, gens, turba.
Virg. Pars in fruſta ſecant. *Les ungs les diuiſent en pieces.*
Sic, Pars abiere. *Vne partie ſen ſont allez.* vbi ad intellectum refertur conſtructio. Quo modo rarò audeat
quis loqui, niſi poëta, hiſtoriæve ſcriptor.

EXCEPTIO I.

Excipies imperſonalia, quæ nullum
ante ſe caſum habent:
Tædet, piget, pœnitet, viuitur, ſtatur.

Imperſonalia cum propriæ cuiuſdam rationis ſint,
puta, quorum nullũ initium inuenias, nullo indigēt
anteriore caſu. Virgili⁹, Itur in antiquã ſyluã. *On ua.*

Terentius in Eunucho, Quid agitur? Statur.
On ſe repoſe.

Plaut. in Perſa, Quid agitur? Viuitur. *On uit.*

Terentius in Eunucho, Et tædet, & amore ardeo.
Tædere, *Eſtre faſché ou ennuyé.*
Pigere, *Eſtre repent, ſoy repentir.* Idem pœnitet.

Quanquā reſtringendæ illius generalitatis gratia,
caſum aliquando ante ſe habent, quo modo perſo-
nalium viciniæ accedunt. Terent. in Eunucho, Te
illud nullo modo facere piguit. *Tu ne te repens nullement de l'auoir faiſt.* Hic(ʼpiguit)perſona non caret, ſed
ſecundam accipit. Cicero Lentulo, Eius orationi ab
omnibus vehementer reclamatum eſt. *Tous ont eſte cō-
tre ſon dire.* Vbi imperſonale(ʼreclamatum eſt) perſonæ tertiæ ſeruit.

Horum igitur, quæ paſſiuæ vocis ſunt, ablatiuū à
priori nō repudiāt, datiuúmve thematis caſu ſequē-
te, ni ab actiuis veniant. Nā accuſatiuus ꝓprius actiuorum, imperſonalibus nunquā conſiſtit à tergo: vt,
Legitur, *On liſt.*
Illud dico nunquam, Legitur Virgiliū, paſſiuo vtens:
ſed, Legitur Virgilius. Actiuæ vocis ſyntaxim in
ſuum locum differimus.

Item tanquam imperſonalia: vt,
Luceſcit, dieſcit, nocteſcit, veſperaſcit,
diluxit, pluit, ningit, grandinat.
Quæ exponuntur per verbū Fit & Eſt.

Imperſonalibus confinia ſunt illa, exceptæ actio-
nis verba appellata: Diluxit, *Le poinct du iour eſt uenu.*
Pluit, *Il plcut:* tum quòd tertiæ demum perſonæ figura propè dicuntur: tum quòd cognatæ ſignificátio-
nis nominatiuus(quod peculiare imperſonali verbo
ſcribit Apollonius cum Priſciano) diſſimulatur: vt,
Grandinat, ſcilicet grando. *Il greſle.*

Diefcit,dies. *Le iour uient.*

Noctefcit,nox. *La nuyct fapproche.*

Lucefcit, lux. *Il fait iour.* Quod nationum idiomā
fuadet,reíque natura. Terentius Heautont.
-portant quid rerum. C L I N. hei mihi.
s. Aurum,veftē:& vefperafcit,& non nouerunt viā.
Vefperafcit,fcilicet vefpera. *Il deuient tard.* Neque Grā-
maticorum vulgus per omnia fequimur, qui deum,
vel naturam, nominatiuum folum fatentur, Theo-
criti authoritate ducti,his verbis,Nunc pluit,& cla-
rus nunc Iuppiter æthere furgit. cum & alijs nominatiuis gaudeant. Tibullus, Multus vt in terris de-
plueritque lapis. Virgilius in Georgicis, Tantū pluit
ilice glandis. Statius libro octauo Thebaidos ,Saxa
pluunt. Plinius, Effigies, quæ pluerat, fpongiarum
fere fimilis fuit.

Item hæc, Fieri poteft vt fallar.
Fieri folet,Fere fit,
Male fit,Bene fit.
Nam in Bene habet,fubauditur res.

Verba quædam faciem imperfonalium habent,
perfonalia tamen funt:vt,
Fieri poteft vt fallar , *Il fe peult faire que ie foye trompé ou
abufé:*cuius orationis illa pars(vt fallar)tanquam no-
minatiuus fubferuit verbo (poteft),quale eft illud
Terentianum in Andria,
Si poterit fieri,vt ne pater per me ftetiffe credat,
Quo minus hæ fierent nuptiæ,volo.
Eiufdem rationis funt, Fieri folet. *Il fe fait couftu-
mierement.*

Fere fit, *Il se fait communément.*

Bene fit tibi, *On te fait du bien:* quod aliquando per-
fonale eft. Plautus in Captiuis,

Quod bonis bene fit beneficium. *Le plaifir qu'on fait à
gens de bien.* Eiufdem generis eft,

Bene fit: fermo bene precantis apud Perfium. cui di-
uerfum Male fit. Terentius in Phormione,

Nunquid Geta aliud me vis? G. vt bene fit tibi. *Que
dieu te côduife. Rien finô qu'à dieu.* Et in Andria, Alijs quia
defit quod amant, ægre eft. *Aux aultres il fait mal qu'ilz
n'ont leur amoureufe.* In quibus, Linacro authore, bene
& ægre pro nominatiuis nominum pofita funt.

Cuiufmodi partium Enallage non ineft orationi il
li, Bene habet: in qua fubauditur (res). Cicero pro Mu
rena, Bene habet, iacta funt fundamenta defenfionis.
Bene habet: vulgo diceretur Res bene vadit. Neque
(quod Syluius fentit) (habet) imperfonale eft, quòd
interim antecedit nominatiuus. Plautus in Epidico,
Bene hoc habet. *Cela ua bien.* Terêtius in Phormione,
Bene habent tibi principia. *Ton commencement eft bon.*
Cicero Appio Pulchro, Ea res fic fe habet. *Ceft affaire
ua ainfi. Ainfi eft il de ceft affaire.*

EXCEPTIO II.

Verba infinitiui modi pro nominatiuo accufatiuum habent: vt,

Gaudeo patrem recte valere: id eft,

Gaudeo quòd pater recte valeat.

Infinitiuorum proprius cafus accufatiuus eft: vt,
Gaudeo patrem recte valere. *Ie fuis ioyeulx que ton pere
fait bonne chere.* Sed, vt Cicero loquitur, audeo dicere,

Placet mihi legere, pro Placet me legere.

Idem de Senectute, Nihil, ait, habeo necesse de me-ipso dicere mihi.

VTRINQVE NOMINATIVVS.

Quædam vtrinque nominandi casum asciscunt: vt,

Deus est summum bonum.

Hic nummus videtur adulterinus.

Aristoteles habetur doctissimus.

Perpusilli vocantur nani.

Studes pronus.   Dormis supinus.

Incedis rectus.

Verbum substantiuum & præcedit, & sequitur nominatiuus: vt, Deus est summum bonum. *Dieu est la souueraine bonte.*

Post vero duos nominatiuos proximiori respondet. Terēt. Amantium iræ, amoris redintegratio est. *Le courroux entre amoureux est augmētation d'amour.* Huc pertinent verba passiua, quæ ad iudicium referuntur. Sallustius, Virtus clara æternáque habetur.

Hic nummus videtur adulterinus. *Ceste monnoye semble estre faulce.*

Aristoteles habetur doctissimus. *Aristote est reputé fort sage.*

Eiusdem classis sunt, quæ vocatiua appellamus, vocor, dicor, nuncupor, & appellor. Cicero in Lælio, Ex qua vna virtute viri boni appellantur.

Idem in Catone Maiore, Vt sunt, sic etiam appellatur, senes. Perpusilli vocantur nani. *Les petitz hommes, on les appelle nains.* Apollinaris apud Gellium lib.19,na nos Græca voce appellari dicit breui atque humili corpore homines.

His connumerantur, quæ finitimæ sunt significationis. Cicero Offic.2, Alio libro dictum est, qui inscribitur Lælius. Ne dixeris intitulatur. Horatius in Arte, Cur ego, si nequeo ignoróque, poeta salutor? Et cognominor, agnominor.

Item verba gestuũ, eandem syntaxim habent. Cicero in Catone, Venio in senatum frequēs. *Ie viens souuent au Palais.* Terentius in Andria, Redeo inde iratus, atque ægrè ferens. *Mal content.*

Studes pronus. *Tu estudies penché sur le deuant.* Pronus es, cum terram spectas: cui contraria supini vox : vt, Dormis supinus. *Tu dors sur ton doz.*

Incedis rectus. *Tu marches droit.* Rectus pro rectè, hic nomine commutatur aduerbium.

INFINITVM VARIANS.

Infinitum quoque vtrinque nominatiuum habet, accedentibus verbis optandi: vt,

Petrus studet videri diues.

Malim esse diues, quàm haberi.

Quorum finita vtrinque nominatiuum habent, infinita itidem à posteriori casum ascifcunt similem præcedenti: vt,

Petr⁹ studet videri diues. *Pierre met peine d'apparoir riche.* Quintilianus in secũdo, Ita si rhetorice vocari de-

bet fermo quicunque,fuiſſe eam,antè quàm eſſet ars,
confitebor.

Idem libro ſeptimo , Quo in genere ſemper prior
debet eſſe defenſio.

Malim eſſe diues, quàm haberi . *I'aymeroye mieulx de
faiƈt eſtre riche,qu'en auoir le bruit ſeulement.*

At quoties accuſatiuus anteceſſit , &
ſequatur neceſſe eſt:vt,

Malim me diuitem eſſe, quàm haberi.

Cicero Offic.ſecundo,Gratum ſe videri ſtudet.

Quintilianus in primo,Natura perfectum oratorē
eſſe non prohibet.

Terentius in Phormione, Saluum te aduenire gau
deo. *Ie ſuis bien aiſe que tu es uenu ſain & ſaulue.*

Quædam variis modis efferūtur: vt,

Non licet Athenis eſſe probos.

Et,Non licet eſſe probis.

Et,   -tutúmque putauit

Iam bonus eſſe ſocer.

Non vacat eſſe ægrotum.

Non vacat eſſe ægroto.

Non vacat eſſe ægrotus.

Quāquam poſtremum hoc rarius eſt.

Variat infinitiui(eſſe)ſyntaxis cum verbis quæ datiuo gaudent:ídque fit trifariā.Cic.pro Flacco,Liceat
ijs,qui hæc ſalua eſſe voluerunt,ipſis eſſe ſaluis.

Item pro Cornelio Balbo, Quòd ſicui Romano

ceat esse Gaditanum . A datiuo ad accusatiuū factus
est transitus. Desyderatur interim casus præcedens.

Idem ad Atticum, libro 10, In Italia autem nos se-
dentes quid erimus? Nam medios esse iam non licebit. Et pro Quintio, Ne vt par quidē sit, postulat: in-
feriorem esse patitur.

Illud genus loquendi nonnumquam reperimus,
Licet esse ægrotus, Non vacat esse ægrotus. vt apud
Lucanum in decimo,   -tutúmque putauit
Iam bonus esse socer.

Alius dixisset, Iam socerum esse bonum. Postremum
puer non imitabitur. Igitur tutò bifariam efferet, Nō
vacat esse ægroto, Non vacat esse ægrotum. *On n'a pas
loisir d'estre malade*. In illo autem non reciperetur, Non
vacat esse ægrotus.

GENITIVVS POST VERBVM.

Sum genitiuum postulat, quoties significat possessionem: vt,

Hæc vestis est patris.

Hæc vestis est patris. *Ceste robe est a mon pere*. Cicero
in Lælio, Sed doctorum ista est consuetudo . *C'est la
coustume des gens scauans*.

Aut ad aliquid pertinere: vt,

Regum est tueri leges.

Prudentis est multa dissimulare.

Non est nostræ factionis.

Non est mearum virium.

Non est huius loci atque temporis.

Regum eſt tueri leges. *Il appartient aux Roys de defe:*
dre les loix.

Quintilianus libro 12, Quatuor autem iudicia,
moris eſt, côgerentur. *Selon la couſtume.*

Prudentis, eſt multa diſſimulare. *C'eſt a ung homme*
ge de diſſimuler en beaucoup de cas.

Non eſt noſtræ factionis. *Il n'eſt pas de noſtre bande*

Non eſt mearum virium. *Il n'eſt pas en ma puiſſance*

Non eſt huius loci atque temporis. *Ce n'eſt pas le l*
n'y l'opportunite.

A P P E N D I X.

Item hæc duo imperſonalia, Intere
& refert.

Non tam intereſt regis, quàm toti
reipublicæ.

Refert omniũ animaduerti in malo

Intereſt & Refert, cum ſignificant ad aliquid p
nere, etiam genitiuum aſciſcunt.

Non tam intereſt regis, quàm totius reipublicæ
n'eſt pas tant a faire au Roy, qu'a toute la choſe publicque.

Refert omniũ animaduerti in malos . *C'eſt le prou*
de tous que les mauuais ſoyent puniz.

Plinius Referre exempli dixit, pro eo quod dur
citur, Eſt materia conſequentiæ, vt vult Budæus
Pandectas.

E X C E P T I O.

Hos tamen ablatiuos poſtulant,
Mea, Tua, Sua, Noſtra, Veſtra.
Minus intereſt mea, quàm tua.

Noſtra nihil refert.

Intereſt & refert refugiunt genitiuos Mei, tui, ſui, noſtri, & veſtri : quorum loco ablatiuos poſtulant mea, tua, ſua, noſtra, & veſtra.

Cicero pro Planco, Siquid mea minus intereſt, id te forte magis delectat.

Minus intereſt mea, quàm tua. *ce touche plus a toy, qu'a moy.*

Noſtra nihil refert. *ce ne nous touche en rien. Il ne nous en chault point.*

Ita, Cuia intereſt, & cuia refert. Cicero pro Murena, Ea cædes potiſſimũ crimini datur, cuia interfuit, non ei cuia nihil interfuit.

(Eſt) autem, meum, tuum, ſuum, noſtrum & veſtrum poſſeſſiua, genere neutrali habet. Cicero pro L. Cornelio, Neque enim meum eſt contra authoritatem Senatus dicere. *ce n'eſt pas a moy de parler contre l'authorite de meſſieurs parlement.*

QVIBVS INTERDVM ADiunguntur & hi genitiui, Vnius, Ipſius, Solius.

Nõ tua vni⁹ refert, ſed noſtra omniũ. Tua ipſius refert. Tua ſolius intereſt.

Et genitiui participiorum.

Mea refert de vita periclitantis.

Quorundam adiectiuorũ genitiui cum poſſeſſiuis pronominibus cõiungũtur, quales ſunt, vnius, ipſius, ſolius: qua lege Latinũ erit, Non tua vnius refert, ſed

B.iiij.

noſtra omnium. *ce n'appartient pas à toy ſeul, mais à tous nous aultres.* Et, Tua ſolius intereſt. *cela touche à toy ſeulement.* Et genitiuis participiorum locus eſt, Mea refert de vita periclitantis. *ce me touche à moy qui ſuis en dangier de la uie.* Quod leuiter attingo, cum fuſius, tũ fœlicius ſuo loco tractaturus.

APPENDIX.

Addũtur & hi genitiui, Tanti, Quanti, Quanticunque, Tantidem.

Nam cætera huiuſmodi adduntur per aduerbium.

Magni tua refert.

Minus mea refert quàm tua.

Maximopere refert. Nihil intereſt.

Plurimum refert.

Tanti & quãti, magni & parui, quãticunque & tãtidẽ, ſola in genitiuo geminis vérbis (°Intereſt) & (°Refert) adhærẽt. Cic. Permagni intereſt, quo tẽpore hæc epiſtola tibi reddita ſit. *c'eſt ung cas d'importance.*

Idem Tironi, Quanquam magni ad honorem noſtrum intereſt, quamprimum ad vrbem me venire. *cela touche beaucoup noſtre honneur.*

Parui mea refert. *Cela n'eſt pas ung liard à ma part.*

Cætera autem vel aduerbialiter, vel in voce nominatiui, ſiue accuſatiui, poni gaudent.

Minus mea refert q̃ tua. *cela ne m'eſt pas tant qu'à toy.*

Valerius, Nihil intereſt an humi, an ſublime putreſcam, *c'eſt tout ung.*

Plurimum refert, Maximopere refert. *Ce est d'importance.*

AESTIMANDI.

Verba æstimandi genitiuis gaudent:vt,

Parui ducitur probitas.

Plurimi fit pecunia.

Tanti eris aliis,quanti tibi fueris.

Maximi penditur nobilitas.

Nihili vel pro nihilo penditur.

Nihili vel pro nihilo habentur literæ.

Pauci genitiui sunt, qui post verba æstimandi locum habēt:eos in numerato habere poteris ex exemplis quæ subijciuntur:vt,

Parui ducitur probitas. *On ne fait pas grand compte d'ung homme de bien.*

Cic.3.epist.Demōstraui me à te plurimi fieri. *I'ay monstré que i'estoye fort prisé de toy.*

Plurimi fit pecunia.*Il n'y a que pour gens qui ont arget.*

Cicero Tironi,Quantam diligentiam in valetudinem tuam contuleris,tanti me fieri à te iudicabo.

Tanti eris alijs,quanti tibi fueris. *Lon te prisera autant, que toymesmes te priseras.* (Est)autem aliquando significat æstimare.Terent.Quanti est sapere?

Maximi penditur nobilitas. *Noblesse est beaucoup prisée.*Pendere,æstimare dicit. Tractum ab antiquis, qui penso,non numerato ære vtebantur.

Cicero pro Marcello, Omnis voluptas præterita

pro nihilo eſt habenda. De tout le plaiſir prins, il n'en fault tenir compte.

Idem Offic. 2, Quæ quidem cótemnere & pro nihilo ducere.

Nihili, vel pro nihilo habentur literæ . On ne tient compte de ſcience.

Hóc pluris te habeo, quòd doctus es. Ie te priſe dauantage, de ce que tu es docte. Nam genitiui pluris, maioris, minimi, maximi, multi, huc pertinent.

Præceptores meos ſemper feci plurimi . I'ay touſiours tenu grand compte de mes maiſtres.

Nauci, flocci, pili, huius non facio.

Aſſis non facio.

Teruncii non facio.

Præterea Hyperbolæ illæ prouerbiales huîus claſſis ſunt:

Nauci non facio. Ie n'eſtime pas ung feſtu. Plautus, Nauci non erit. Eſt ('Nauci) nucis putamen, aut illa membranula, quæ viſitur in medio nucis iuglandis interſita.

Idem , Minas iſtas flocci non facio. Ie ne priſe pas beaucoup ces menaces.

Catullus, Mon faciunt pili cohortē. Id eſt, ne tantuli quidē. Pilus enim & floccus, particula lanæ inutilis à vellere diuulſa, vilitatis prouerbio ſeruiunt.

Ad hanc formā dixit Terentius in Adelphis, Huius non facio: δεικτικῶς, oſtenſo pilo aut flocco.

Tantū valet illud Catulli, Vnius æſtimemus aſſis. N'en tenons compte. Nā aſſis ſiue as, nummulus. Quatre deniers, in vilitatis prouerbiū verſus eſt: quo modo teruncius eius quarta pars. Vng denier. Plaut. in Capt.

Neque ridiculos iam teruncij faciunt.   Idem,
Si nunc me fuspendam,meam operam luferim:
Et præter operam,reftim fumpti fecerim.

AEftimo etiam genitiuo gaudet.Cicero pro Cluentio , Omni contentione pugnatum eft, vt lis hæc
capitis æftimaretur.Id eft,vt criminaliter intenderetur: &,vt vulgò loquimur, capitalis conclufio conciperetur , vt docet Budæus in pofterioribus annotationibus.

Liuius Anquirere capitis,in eadem re dixit.

Poteft & hoc fermonis genus in verborum dãnan
di claffes diftribui. Nã tanti litem æftimare, eft tanti damnare , quanti actoris intereft . *Taxer les defpens.*

Cicero in Verrem,act.4, Confulari homini feftertiûm x v i i i. millibus lis æftimata fit. Idem dixit,
Gloriofa fapientia non magno æftimanda eft . Hoc
dico , quòd multi abhorreant à formula quæ in vfu
eft,Magno æftimo,pro Magni æftimo.

Singulare eft illud, AEqui boni côfulo:id eft,in bonam accipio partem.

Doctis blanditur formula illa,AEqui boni côfulere. *Interpreter & prendre en bon fens .* Quintilianus libro primo , Sítne conful à confulendo, an iudicando: nam & hoc confulere veteres vocauerunt , vnde
adhuc remanet illud,Rogat boni confulas:id eft bo
num iudices.

Eodem accedit,AEqui boni facio.Cicero ad Atticum,lib.7,Tranquilliffimus animus meus , qui totum illud æqui boni facit.

Et cum copula:Terëtius,Cæterum equidem iftuc
Chreme,æqui boníque facio.

VENDENDI.

Vendo, Reuendo, Addico, Diſtraho,
Diuendo, Venundo, Væneo, Proſto,
AEſtimo, Indico, Inſcribo, Liceor,
Licitor, Licere, Loco, Conduco,
Emo, Coemo, Redimo,
Mercor, Commercor,
Conſtat, Valet.

Hæc verba hos duntaxat genitiuos
exigunt, Tanti, quanti, tantidem, quantiuis, quantilibet, quanticunque, pluris
& minoris, ſi nõ addantur ſubſtantiua.

Nam cætera pretii vocabula, vel in
ablatiuo, vel per aduerbium apponuntur: vt,

Minoris reuendes, quàm emeris.

Pluris conducis, quàm emi poterat.

Quanticũque locabis, præſtiterat ven-
didiſſe.

Hodie boues pluris licebant, quàm homines.

Miror tãtas ædes tam paruo inſcriptas.

Paulo, Magno, Nimio, Minimo,

Plurimo, Vili,

Duplo, Dimidio reuendes.

Asse emi.

Tantidem tibi sum traditurus.

Teruncio seu vitiosa nuce non emerim.

Nihilo constat.

Percare locauit equum.

Carius emitur oleum, quàm vinum.

Carissimè constat quod precibus emptum est.

Gratis locat ædes.

At magno pascit.

Verbis emendi, ac vendendi, aliísque consimili significatu apponũtur hi genitiui, Tanti, quanti, pluris, minoris, tantidem, quantiuis, quantilibet, quanticunque, at ita si substantiua non apponãtur: tunc enim ablatiuo commutantur. Quòd si substantiuum certi pretij adsit, pones in ablatiuo: si adiectiuũ substãtiuè positum, ablatiui incidit vsus: nisi per aduerbia, peius, carius, melius, vilius, loqui malis.

Minoris reuendes, quàm emeris. *Tu n'en auras pas ce qu'il ta cousté.*

Pluris conducis, quàm emi poterat. *Tu la louè plus cher qu'elle ne ce fust uendue.*

Locat domum suã mina. *Il louè sa maison dix escuz.*

Nam locare, domini eſt. *Donner a louage.* Conducere vero, inquilini. *Prendre a louage.*

Suetonius, Ampliſſima prædia nummo addixit. *Il les a laiſſez pour ung rien.* Addicere certe nummo, eſt velut gratis donare:cuius vocis propria ſignificatio eſt populari lingua deliberare.

Tantidem ſum tibi traditurus . *Ie le te laiſſeray pour ce pris.*

Non tamen dicimus, quanti pretij: ſed quãto pretio, & maiore pretio, minore pretio.

Horatius, Erítque tuus nummorũ millibus octo. Nummus, *Vng carolus,* quanti ſeſtertius valuit.

Idē, Quãti emptę? Paruo. Quãti ergo? Octuſſibus. Octuſſis valuit aſſibus octo. *Deux ſolz & neuf deniers.*

Singularis eſt illa formula Plauti in Milite, Vitam tuam vitioſa nuce non emam. *Ie ne donneroye pas de ta uie une noix pourrie.*

Aſſe emi. *Ie l'ay acheté quatre deniers.* Denario. *Trois ſolz & ſix.* tantum valet drachma.

Emi obolo. *Sept deniers.*

Quanti indicas? Quanti inſcribis ſcarũ? Dic quanti taxas? Fere idem valent. *A quel pris metz tu ceſte ſardine?* Budæus in Cõment. Græcæ linguæ, τιμᾶϭϑαι, inquit , vendentis eſt: quod Latinè indicare dicitur: ſicut liceri, ementis. Liceri, *Marchander.* Quanti liceris? *Combien en uoulez uous donner?*

Licitatus ſum vectigalia 20. francis. *I'ay mis enchere de uingt francz au peage.*

Hodie boues pluris licebãt, quàm homines. *Auiourdhuy les beufz eſtoient plus priſez que les hommes.* Licere paſſiuæ affectionis, *Eſtre mis a pris.*

Terentius, Inſcripſi ilico ædes mercede . *Incontinent*

I'ay mis ma maison en uente. Est autem inscribere, rem væ̈nalem scripto proponere.

Sic dicimus, Paruo, Vili: pro Bono foro, Barbaris relinquentes. Minimo. *A grand marché.*

Magno constat. *Il couste bien cher.*

Plaut. Nimio emptæ tibi videntur. *Trop cher.*

Sic plurimo, duplo. *Au double.* Dimidio. *La moytie.*

Per aduerbia autem sic loquimur,

Carius emitur oleum, quàm vinum. *Plus cher.*

Cicero pro domo sua, Emit domum litigatoribus defatigatis, propè dimidio carius, quàm æstimabatur. *La moytie plus cher.*

Percarè locauit equum. *Il a loué son cheual bien cher.*

Tullianæ puritatis est, Carissimè constat, quod precibus emptum est. *Les prieres ualent bien largent.*

Gratis locat ædes. Gratis, *Pour rien, sans rien.* Pro nihilo, hîc tolerabile non esset. Quintilianus libro duodecimo, Gratis ne ei semper agendum sit, tractari potest. Terentius in Phormione, Et meam ductes gratis.

APPENDIX.

Quin & quibuslibet verbis pretii nomen aut aduerbiū apponitur ad hanc formam:

Magno pransi sumus, pluris cœnaturi.

Non minoris docet, quàm talento.

Hic magno etiam tacet.

Nimio, Minimo, Pauloviuitur Lōdini.

Caré bibit,
Sed carius cacat Baſſus,
Nec ſalutat gratis.

Omne verborum genus, tametſi natura nō ſignificat emptionem, pretij vocabula, neque diſſimili forma ſibi ſubijcit.

Lutetiæ dormimus liardo . *A Paris nous payons ung
liard pour giſte.*

Quanti prāſi eſtis? *Cōbien auez uous eſte d'eſcot a diſner?*

Magno pranſi ſumus, pluris cœnaturi . *Nous auons
eu cher eſcot a diſner, & aurons plus cher a ſouper.*

Quanti docetur Brageraci? Paruo. *A bon marche.*

Quanti ergo? Sex ſeſtertijs. *Pour cinq ſolʒ.*

Plinius , Neminem minoris docuit talento . *Il n'a
aprins homme a moins de ſix cens eſcuʒ.* Tanti enim talen-
tum valuit, quæ maxima pecuniæ ſumma apud At-
ticos fuit.

Idem, Tanti perire potuiſti.

Iuuenalis, Chryſogonus quanti doceat, vel Pollio
quanti?

Magno plerique amant, ſit illis fauſtum: nolim e-
go amare tanti.

Hic magno etiam tacet. *Il eſt bien payé de ne dire mot.*
De Demoſthene, qui pluris ſiluit, q̄ alij loquebātur.

Non minoris teruncio me traiecit. *Non pas a moins
d'ung denier.*

Nuntius fert literas carolino. *Pour ung carolus.*

Minimo viuitur Lutetiæ. *A Paris fait bon uiure.*

Martialis,
Ventris onus miſero, nec te pudet, excipis auro

Baffe:bibis vitro,carius ergo cacas.

Nunc gratis salutamus . *Pour rien nous difons le bon iour*. At veteres fportula falutabant. *Les anciens auoient dix carolus & fix pour dire le bon iour*.

Affe fitis expletur Lutetiæ . *On boit a Paris fon faoul pour quatre deniers*.

Terent.in Hecyra, Quàm minimo pretio fuam vo luptatem explent.Non fum ego potitus auro.

ACCVSANDI.

Verba accufandi , damnandi, abfol-uendi , & confimilia , genitiuum afci-fcunt,qui crimen fignificet:vt,

Accerfitus eft capitis.

Detulit fratrem læfæ maieftatis.

Poftulatus eft repetundarum,fiue de re petundis.

Accufauit male geftæ rei , male obitæ legationis.

Egit cum nouerca iniuriarum.

Condemnatus eft peculatus.

Reum egit parricidii.

Damnauit inceftus.

Hic furti fe alligat.

Criminatus eft adulterii,cum plagii te-neretur.

Arguit te mendacii.

Reuicit periurii.

Incufat negligentiæ.

Appellatus eſt veneficii.

Inſimulas herum auaritiæ.

Sugillas parſimoniæ.

Notas libidinis, ſeu de libidine.

Infamas inſcitiæ.

Traducis luxuriæ.

Suſpectum habes perfidiæ, ſiue de perfidia.

Taxas ambitionis.

Calumniaris maleficii.

Admonuit me errati.

Commonuit te promiſſi.

Accerſitus eſt capitis. *Il eſt accuſé d'ung cas criminel.*

Salluſtius in Iugurtha, Quos pecuniæ captæ arceſ
ſebant. *Ilz les accuſoient d'auoir prins l'argent.*

Cornelius Tacitus, Maieſtatis delatus eſt. *Il a eſté ac
cuſé d'auoir offenſé la maieſte.*

Suetonius in Cæſare, Cæterum Cornelium Dolabellam conſularem & triumphalem repetundarum
poſtulabant. *Ilz l'accuſoyent d'auoir pillé & mengé ſon peu-
ple: c'eſt a dire, ceulx qu'il auoit en ſa garde & charge.*

Accuſauit male geſtæ rei. *Il l'a accuſé d'auoir mal faict*

la chose.

Accusauit male obitæ legationis.

Egit cum nouerca iniuriarum. *Il a faict adiourner sa marastre en matiere d'iniures.*

Cicero, Egit is, cui manus præcisa est, iniuriarum. *Celuy a qui on a coupé la main, l'a mis en proces en cas d'iniures.*

Cicero, Sceleris condemnat generum suum. *Il condemne son gendre de crime.*

Condemnatus est peculatus. *Il a este condemne de larrecin du bien public, ou du reuenu du seigneur.* Est autem peculatus, pecuniæ publicæ, aut principis furtum.

Reum egit, qui accusauit. Peregit autem, qui conuicit facinoris: vt,

Reum egit parricidij. *Il l'a accusé d'auoir tué son compaignon.*

Damnauit incestus. Incestus cum sanguine coiunctis, aut cum sanctimonialibus fit.

Terentius in Eunucho, Hic se furti alligat. *Il se charge luymesme de larrecin.*

Cum plagij teneretur. *Quant il estoit surprins de ce crime* Plagium: cuius tenetur, qui liberum emit, aut vendit, aut qui seruos alienos surripit.

Plautus, Mēdacij te teneo. *Ie te surprens de mensonge.*

Arguit te mendacij, idem valet.

Arguit te solœcismi. *Il t'accuse d'incongruite.* vnde solœcista, quem non bene congruum dicimus.

Reuincam te periurij. *Ie te cōuaincray de faulx iuremēt.*

Incusat negligentiæ. *Il l'accuse de negligence.* Plautus, Qui alterū incusat probri, ipsum se intueri oportet. *Qui accuse ung aultre de deshonneur, il se doibt bien regarder.*

Eiuſdē formæ eſt,Appellatus eſt veneficij. D'empoi-
ſonnement. Appellare dicimus,In ius vocare.

Terentianum eſt in Phormione,Si herum inſimu-
labis auaritiæ,male audies. Si tu metz a ſus a mon maiſtre qu'il eſt auaricieulx,on te dira quelque mal.Nam inſimu
lare eſt crimen ingerere.

Sugillas parſimoniæ. Tu l'accuſes d'eſtre chiche.

Cicero,Boni ciues nulla ignominia notati. Les bons
citoyens ne ſont accuſez d'aucune meſchanſete.Gel.lib.quar-
to,Notabitur(ait)impolitiæ.

Infamas inſcitiæ. Tu le diffames de dire qu'il ne ſcait riē.

Traducis luxuriæ . Tu le deſhonnores de ſa ſomptuoſi-
te,de ce qu'il en fait trop. Traducere(ſcripſit Budæus)eſt
ludibrio habere:lingua vulgi appellat Facere chariua
rium. Faire le chariuary.Luxuria autem,eſt immodera-
tus rerum vſus, ſordibus diſſimilis: inter quæ media
eſt mundities.

Suſpectū habes perfidiæ, ſiue de perfidia. Tu le tiens
pour ſuſpect de deſloyaulte.Cicero Curioni, Quanquā me
nomine negligentiæ ſuſpectum tibi eſſe doleo. Plinius de viris illuſtribus , Claudia yirgo Veſtalis falſò
de inceſtu ſuſpecta.

Quintilianus libro ſexto,In vtroque parricidij pec
cas.Tu es homicide d'ung coſte & d'aultre.

Calumniaris maleficij , Tu l'accuſes faulſement d'auoir
faict le mal.Id enim ſignificat calumniari, falſò ſcilicet
crimina intendere.

Cicero ad Herēnium, Iudex abſoluit iniuriarum il
lum.Le iuge l'a relaſché des iniures.

Quintilianus libro primo , Grammaticos ſui offi-
cij cōmonemus. Nous aduertiſſons les grimaulx de ce qu'ilz
doibuent faire.

Cōmonefacito illū promiſſi. *Aduertis le de ſa promeſſe.*
Admonuit me errati. *Il m'a aduiſé de ma faulte.*

Obuiæ ſunt illæ formulæ. Cicero Offic. ſecundo,
Neque vnquam innocentem iudicio capitis accer-
ſas. Idem, Accuſas inertiam adoleſcentum. Idem, Pu
taui ea de re te eſſe admonendum.

SINGVLARE EST,

Expoſtulauit mecum de non miſſis ad ſe literis.

Erudita oratio, Expoſtulauit mecum de non miſſis
ad ſe literis. *Il ſ'eſt complaint a moy de ce que ie ne luy ay re-*
ſcript. Terent. in Andria, Sed quid agam? adeámne ad
eum, & cum eo iniuriam hanc expoſtulem?

APPENDIX.

Si non fuerit proprium criminis no men, apponitur ablatiuus addita ferè præpoſitione.

Vtrum ámbitus accuſas, an ſacrilegii, an vtroque, ſiue de vtroque? De plurimis ſimul accuſaris.

Cũ his verbis alter, vter, vterque, ambo, in ablatiuo
duntaxat locum habent.

Vtrum ámbitus accuſas, an ſacrilegij, an vtroque,
ſiue de vtroque? *L'accuſes tu de ſimonie, ou de ſacrilege, ou*
de tous deux? Reſponde, Neutro. *Ne de l'ung ne de l'aultre.*
Altero. *De l'ung ſeulement.* Non autem neutrius, aut alterius, ſi emendatè loqui velis.

De plurimis ſimul accuſaris.

Gellius, Quæ Timarchum de pudicitia grauiter
infignitérque accufaret. Cicero ad Atticum, De coro
nátis cum fororis tuæ filius à patre accufatus effet, re-
fcripfit fe coronam habuiffe honoris Cæfaris caufa,
pofuiffe luctus gratia.

MISERET, ET CAETERA.

Miferet, miferefcit me tui.

Piget te laboris.   Multos vitæ tædet.

Non te pudet vanitatis?

Noftri nofmet pœnitet.

Hæc quinque verba genitiuo çum accufatiuo gau
dent. Terent. in Eun. Miferet me tui. I'*ay pitie de toy*.

Piget te laboris. *Tu te repés de trauailler. Tu es pareffeux*
Plautus in Cafina, Tædet fermonis tui: fcilicet me.
Ie me fafche de ton parler.

Terentius in Phormione, Non te pudet vanitatis?
N'*as tu point de honte de mentir?*

Ibidem, Noftri nofmet pœnitet . *Il nous femble aduis*
que ce que nous auons n'eft rien . Nous ne nous contentons pas
de ce que nous auons.

Hæc genitiuum habent cum accufatiuo, nifi dicamus,

Puditum eft confilii.

Mifertum eft virginis.

Pertæfum eft coniugii.

Præteriti periphrafis folum genitiuum fibi fubij-
cit. Virgilius AEneidos quarto, Si non pertæfum tha
lami, tedæque fuiffet. Hîc traditur frequétior loquen

di vſus.Nam Cornelius Nepos,Nuſquã,inquit,ſuſ-
cepti operis eum pertæſum eſt. Plautus, Nam nunc
eum vidi miſerum,& me eius miſertum eſt.*I'ay eu cõ-*
paſſion de luy.

APPENDIX.

Sed imperſonalibus loco genitiui po
teſt addi verbum infinitum:vt,
Tædet me vitæ.　　Tædet me viuere.
Piget militiæ.　　　Piget militare.

Cicero, Pœnitet defendere. *Ie le ſouſtiens ou defens à*
regret.

Tædet me viuere. *Ie me faſche,ie m'ennuye en ce monde.*
Terent.in Phormione, At enim tædet iam audire eadem millies. *Ie m'ennuye d'ouyr vne choſe ſi ſouuent.*

VARIANTIA QVAEDAM.

Hæcvariam habent conſtructionem:
Miſereor tui,vel tibi.
Meminit tui,vel de te:id eſt mẽtionem
　fecit.
Memini,pro recordor, plerunque accu
　ſatiuo iungitur.
Obliuiſcor,recordor,reminiſcor, reco-
　lo tui,vel te.
Venit in mentem eius diei : id eſt re-
　cordor.

Vel, Venit in mentem ille dies.

Pleræque dictiones funt, quæ non refpuunt diuer-
fam conftructionem: vt

Plautus, Nemini mifereri certum eft, quia mei miferet nemo . *I'ay deliberé n'auoir pitie d'aucun, car on ne l'a
pas de moy.*

Cicero in Tufculanis, Perge, aude, nate, illachryma,
patris peftibus miferere.

Quintil. Neque omnino huius rei meminit poeta
ipfe. *Le poete n'a aucunement parlé de cela.*

Plaut. in Cafina, Mirum ecaftor, feneĉta ætate te of
ficium tuũ non meminiffe. *Certes ceft merueilles qu'il ne te
fouuient en ta uieilleffe de faire ton debuoir.*

Obliuifcor, *l'oublie.*   Recordor, *Ie reduis en memoire.*

Reminifcor, *Il me fouuient.*   Recordor, idem: geniti-
fium aut accufatiuum afcifcunt.

Terent. Eius reminifcor. *Il me fouuient de luy.*

Cicero, Bella à fe gefta triumphófque recordentur.

Idem pro Plancio, De illis recordor.

Idem, Cum illius diei mihi venit in mentem. *Quant
il me fouuient de ce iour la.* Quæ oratio per eclipfim effertur. Subintelligitur enim conditio, qualitas, ftatus.

Terentius in Phormione, Nam mihi veniebat in
mentem eius incommodum. Vbi pleni conftructio-
nis funt numeri.

Potitus eft rerum: id eft vicit.

Et Potitus eft amica : id eft affecutus eft.

Eget tui, vel te.

Indiget auxilii, vel auxilio.

Potiri cum genitiuo, vincere: cum ablatiuo, assequi sonat. Cicero primo epist. Te illius regni potiri, *Que tu gaignes ce royaulme*. Sallust. Cui fatum foret, vrbis potiri. *De gaigner la ville*. Idem, Potiri signorũ & armorum. Et, Adherbalis potiri.

Potiri rerum, frequentius.

Potitus est amica. *Il a iouy de son amye.*

Vetus est, Potiri bonum. *Auoir du bien*. Cicero Philipp. 13, Pacémque potiamur. *Ayons paix.*

Inopiæ verbis, & pugnantibus subijcitur vel genitiuus, vel ablatiuus: Indigeo auxilij vel auxilio. *I'ay faulte de secours, d'ayde.*

Quintil. Oratio vero quàm sit vitiosa, si egeat interprete. Idem lib. 2, Hæc secunda egeret artis ad fallendum.

SIGNIFICANTIA ALIQVID fieri in loco.

Omne verbum admittit genitiuum proprii nominis significantis locum in quo sit actio.

Vixit Romæ. Studuit Oxoniæ. Natus est Londini.

Vixit Romæ. *Il a uescu a Romme.*

Studuit Lutetiæ. *A Paris*. Hæc Lutetia.

Natus est Londini. *A Londres*. Hoc Londinum, oppidum in Anglia. *Londres.*

Franciscus Galliarum rex Papam conuenit Massiliæ. Hæc Massilia, *Marseille.*

Fui Compostellæ. A *sainct Iaques*. Hæc Compostel-
la,siue hoc Ianasum, *Sainct Iaques*.

Ausonius natus est Burdegalæ . Hæc Burdegala,
Bordeaulx.

Marius Cumbus Lindiæ literariã facit. Hæc Lin-
dia,vrbs in finibus Petragoriorum. *La Linde.*

Huc pertinêt illa, Basilea, *Basle.* Cadurcũ, *Caors.* Ne-
mausus, *Nimes.* Tolosa, *Toulouse.* Angeria, *Sainct Ichan
D'angeli.* Louaniũ, *Louuain.* Gergouia, *Clermós.* Agennũ,
Agen. Nouiodunum, *Noion.* Duracium, *Duras.* Aurelia,
Orleans. Nam tum hîc, tum alibi probare soleo pue-
rum vocibus non destitui,præcipue cum his coniun
gendis operam det,quod curæ ei nunc est.

P R O P R O P R I I S V S V R-
pantur hæc appellatiua,
Humi, Domi, Militiæ, Belli.

Iacet humi.

Domi bellíque simul viximus.

Domi meæ, nostræ, tuæ,suæ, vestræ,
alienæ.

Nec alia admittit adiectiua. nam domi paternæ non recte dicitur,sed in do
mo paterna.

Ruri in datiuo,siue rure in ablatiuo,
verbis iisdem adiungitur.

Ruri educatus est.

Iacet humi. *Il est estendu contre terre.* Ex Liuio 2 belli punici.

Belli domíque ſimul viximus. *En temps de guerre & de paix nous auons touſiours ueſcu enſemble.*

Adiectiua ſex his génitiuis ſubijci ſolent , Meæ, tuæ,ſuæ,noſtræ & veſtræ. Cic. Malim ſine periculo eſſe domi meæ,quàm cum periculo alienæ.

Et proprijs locorum nominibus . Cicero ad Atticum, Malo cum timore domi eſſe, quàm cum periculo Athenis tuis.Quod admodum raro contingit. Hæc igitur locorum nomina quum his adiectiuis fulciantur,aduerbia negabis.

Ruri educatus eſt.*Il a eſte nourry aux champs.* Terētius in Phorm.Ruri ferè ſe cōtinebat. *Preſque touſiours ilſe tenoit aux champs.* Horatius, Quinque dies ſum pollicitus me rure futurum.

In tertia declinatione ablatiuo vtimur : Militauit Carthagine.*A Carthage il a hanté la guerre.*

Sic , Medici ſunt Agathopoli. hæc Agathopolis, *Montpeſlier.*Et,Auenione ſacris initiabimur . *Nous aurons les ordres en Auignon.*

EXCEPTIO.

Si tamen fuerint pluralis duntaxat numeri, aut tertiæ declinationis, in ablatiuo ponuntur:vt,

Nupſit Athenis.

Militauit Carthagine.

Infrequēeſt his addere præpoſitionē, Cum eſſem in Mediolano.quæ ſemper additur nominibus locorum maiorum & appellatiuis.

Cum eſſem in Italia.

Cum agerem in ſuburbano.

 Itidem numeri pluralis nomina,in ablatiuo ponũ-
tur.Nupſit Athenis,*Elle ſ'eſt mariee a Athenes.*

 Hæ Athenæ,Athenarum.

 Hi Datij,Datiorum,*Dax.*

 Petragorij,Petragoriorum,*Perigueurs.*

 Remi,Remorum,*Reins.*

 Auſci,Auſcorum,*Aulx.*

 Sic Gabij, Gabiorum: Veij,Veiorũ: Campi,Cam-
porum: Pariſij,Pariſiorum,*Paris.*

 Ea & ſimilia ablatiuo dabis cum verbis quietis:vt,
Lauaueus docet Petragorijs. Petragorijs datiuus
ablatiuúſve eſt à nominatiuo plurali Petragorij, Petragoriorum.

DATIVVS POST VERBVM.

Quoduis verbum acquiſitiuè poſi-
tum,exigit datiuum:vt,

Non omnibus dormio.

Huic habeo,non tibi.

Mihi iſtic nec ſeritur,nec metitur.

Mihi peccat,ſiquid peccat.

Omnibus ſapit,ſibi vni non ſapit.

 Acquiſitiuè ponitur verbũ, quod in datiuum fertur eius perſonæ,in cuius gratiam,commodum,aut
contrà,verbi actio eſt. Cicero epiſt.lib.7,Capitis(o-

pinor)olim, Non omnibus dormio:ſic ego, Nõ omnibus mi Galle ſeruio. *Ie ne fais pas ce que tous ueullent:
ſi ie fais pour les ungs, ie ne fais pas pourtant pour les aultres.*
Nõ omnibus enim dormire dicitur, qui nõ omnibus
inſeruit : neque per omnia gerit morem . Vide Eraſmi Chiliadas.

Huic habeo, non tibi. *Ie l'ay bien à ſon commandement,
non pas au tien.*

Plautinum eſt, Iſtic mihi nec ſeritur nec metitur.
*Il ne me reuient rien de ceſt affaire. Ce neſt pas mon proufit. Ie
ne dy pas pour proufit que i'y ſente.*

His accedit Atticiſm⁹ 'Terẽtianus in Adelphis, Mi
hi peccat, ſiquid peccat. *S'il fait faulte, ceſt a moy & a mõ
dommage.* Quæ phraſis, affinéſque, è medio ſumun-
tur, Valla authore lib.3. Vt apud eundem, Mihi orat.
Et, Mihi faciet.

Omnibus ſapit, ſibi vñi non ſapit. *Il eſt ſage au proufit
des aultres, non pas au ſien.*

Quintil.lib.2, Non fabricetur militi gladius.

ACQVISITIVA.

Præcipue tamen huius ordinis ſunt,
quæ commodum, aut incommodum
ſignificant:vt,

Do mutuo, ſeu mutuum,

Do commodato, Mutuo,

Fœnero, Largior.

Confero tibi, & Confero in te.

Præſtare pro dare, & pro exhibere:vt,

Præstare fidem, Præstare pacta.

Dare mutuo, aut mutuum. *Prefter pour rendre la cho-se mefme.* Terent. in Heaut. Huic drachmarum hæc argenti mille dederat mutuum.

Idē valet Muttio, mutuas. Mutuor verò deponēs, eft mutuo accipere. Cicero de Fato, Orator ab Acade micis fubtilitatē ingenij mutuat. *Il prent & emprunte.*

Ad hunc modum dicimus, Fœnero tibi:hoc eft, ad vfuram do. *Ie te prefte a ufure.* Terent. in Phorm. Fœneratum iftuc beneficium tibi pulchre dices. *Il te fera rendu au double.* Fœneratur autem pecuniam ab alio, qui ad vfuram accipit. *Qui prent a ufure.*

Confero tibi, & in te. *Ie te donne :* vt fit fignificatio donationis. Cicero Offic.1, Et mores eius erunt fpe-ctandi, in quem beneficium conferetur. *Auquel on fera du bien.*

Plinius in epift. Et tanquam parens alter, puellæ noftræ confero quinquaginta millia nummûm.

Præftare, pro eo quod eft, alienam culpam in fe recipere, vulgò garantire, aut bonum facere, datiuum habet. Cicero Lentulo, Fidémque fratris mei præfta-rem. Idem ad Vatinium de feruo Dionyfio, Si me a-mas, confice: quancunque fidem dederis, præftabo. *Ie refpons de tout ce que tu auras promis.*

Eiufdem generis funt, Præftare euentum, Præfta-re periculum. *Refpondre du danger, ou faire bon s'il y a dá-ger.* Præftare dictum, Præftare incommodum, Præ-ftare factum.

Dono tibi hoc munus, & Dono tē hoc munere.

Impertiam tibi fortunas meas, & Impertiam te fortunis meis.

Aspersit tibi labem, & Aspersit te labe.

Instrauit equo penulam, & Instrauit equum penula.

Debet tibi vitam.

Suam eruditionem tibi acceptam fert.

Verbis quatuor, dono, impertio, inspergo, insterno, aliàs datiuus cum accusatiuo, aliàs cum ablatiuo accusatiuus apponitur.

Dono tibi hoc mun⁹, dono te hoc munere. *Ie uous fais ce present.* Tranquillus in Cæsare, Aureis donauit annulis. *Il a faict cheualier.* Archias donatus est ciuitate. *Il a este faict bourgeoys.*

Aspersit te labe. *Il a mal parlé de toy.* Cicero in Vatinium, Cui tu nullam labeculam aspergis. Quæ formula prouerbialis est per translationem sumpta.

Instrauit equum penula: & Instrauit equo penulam. *Il a mys la housse sur le cheual.* Penulam enim dixerunt veteres quicquid tegeret. Qua etiam vtebantur arcendis pluuijs: *Manteau* vocamus. Per abusionem igitur penulam, stragulam Babylonicam, qua equus insterni solet, dixit.

Impertiam te fortunis meis : &, Impertiam tibi fortunas meas. *Ie uous feray part a mes biens.* quas fortunas dicimus.

His affinis Hyperbole illa apud Terentium, Quid si animam debet? Durum est illud, Quid si plus debet, quàm ponderet?

Formula fingularis per metaphoram fumpta, Suã eruditionem tibi acceptam fert. *Il confeſſe tenir de toy tout ce qu'il ſcait.*

In idem recidit, Referre acceptum.

Cicero, Vitam acceptam refert clemẽtiæ tuæ. *Il dit que nous luy auez donné ſa grace, & qu'il tient ſa uie de uous.* Acceptum ferre, proprie Tenir *pour receu.*

Satiſfacio, ſoluo, reſoluo, reſcribo, remunero.

Numero pro ſoluo.

Remetior, pendo, rependo, refero.

Repono, pro reddo.

Reſpondeo, pro ſatiſfacio.

Nunquam tuis meritis eſt reſpõſurus.

Cicero Lentulo, Ego omni officio, ac potius pieta-te erga te, cæteris ſatiſfacio omnibus: mihi ipſe nun-quam ſatiſfacio. Satiſfacere dicimur, cuius deſyde-rium adimplemus. Contentare, noua fingentibus relinquito.

Cognata ſunt illa, Soluo, Payer: Reſoluo, Payer *les debtes.*

Reſcribo, Rendre. Terentius in Phormione, Mihi argentum iube rurſum reſcribi.

Numerare, Payer content. Cicero Offic. 2, Vt com-modius putarent numerari ſibi.

Pẽdo, pro numero: vt, Vtra pars prior euicerit tres luſus, ei victa pendet ſextam drachmæ partem. Pendet, id eſt ſoluet.

Plautus in Perſa, Des mihi nummos ſexcentos,

quos pro capite illius pendam, quos continuò repo-
nam tibi. *Lefquelz ie te rendray incontinent.*

Refpondeo, pro fatiftacio : Nunquam tuis meritis
eft refponfurus. *Il ne te fcauroit iamais fatiffaire des plaifirs
que tu luy as faict*. Item dicimus, Refpondere ad ro-
gatum, *Refpondre a propos*. Non refpondere ad nomina, *cheoir en default*. Refpondere ad nomina, Compa-
rere, vt nunc loquimur: quæ omnia antiquitatis gratiam habent, vt docet Budæus.

Commodo, pro profum: Incommo
do, pro noceo.
Non poteft mihi nec commodare, nec
incommodare.
Opitulor, Profum, Auxilior, Suppedito
pro miniftro, Suggero,
Succurro, Subuenio, Adminiculor, Pa-
trocinor, Suffragor, Adfum, Faueo.

Auxilij verba datiuo gaudent. Terent. in Andria,
Quem ego credo manibus pedibúfcȝ obnixe omnia
Facturum, magis id adeò, mihi vt incommodet,
Quàm vt obfequatur gnato. *Lequel ie croy fera fon effort
plus pour me nuyre, que pour complaire a mon filz.*

Non poteft mihi commodare, nec incommodare.
Il ne me peult faire plaifir ne defplaifir.

Ab illo non difcrepat Opitulor, *Faire fecours.*
Auxilior tibi, idem.
Cicero, Si effet ei profuturus. *Si luy eftoit prouffitable.*
Idem Offic. I, Vidēdum eft igitur, vt ea libertate vta-

mur,quæ profit amicis,noceat nemini. *Laquelle proufite aux amys sans porter dommage a aucun.*

In id quoque prodeft ornatus. Fabianum. Terentius in Heaut.Suppeditare fumptibus,dixit:quod oratione noftrate dicitur , Furnire ad expenfas . Nam (inquit)fi illi pergam fuppeditare fumptibus Menedeme,mihi illæc verè ad raftros res redit.

Eodem fpeƈtat illud eiufdem in Adelphis,
-Cur amat?
Cur potat?cur tu his rebus fumptus fuggeris? *Pourquoy payez uous cela, & fourniffez aux defpens?*

Adminiculor,*Ayder,foulager.* vt, Cyclicæ difciplinæ fibi inuicem adminiculantur.

Patrocinatur pauperib⁹. *Il defend & fouftient les poures.* Nam qui in iudicio alterum defendit,patronus dicitur,fi orator eft.

Sententiæ tuæ nemo non fuffragabitur. *Tous feront de ton aduis.* Sumptum ex fuffragijs.vide Vallam.

Cicero in Philipp . Omnibus his pugnis Dolabella adfuit . *Il f'eft trouué.* Quintilianus,Adfuiffe Ciceronem tali caufæ inuenio. Hoc eft iuuiffe,& præfidio fuiffe.

Cicero pro Ligario, Cuius (inquit) gloriæ faueo. *I'ayme fon honneur.*

Ouidius,Dij cœptis afpirate meis.Id eft fauete.*Donnez moy bon commencement.*

Bene volo.   Bene cupio.
Medeor tibi,& Medeor tuo dolori.
Medicor te,vel tibi.
Confert tibi,id eft vtile eft.

Conducit huic rei, siue Cõducit ad hanc rem.

Bene dico tibi, nõ te. Plautus in Milite, Bene quæ-
ſo inter vos dicatis, & mihi abſenti tamen. *Dictes bien*
de moy en mon abſence.

Maledico illi non illum. Plautus in Amphit. Me-
rito maledicas mihi, ſi non ita id factum eſt. *Vous au-*
rez raiſon de dire mal de moy.

Beneuolo tibi, non te. *Ie te ueulx bien*. Terentius in
Eunu. Nec rationem capio, niſi quòd tibi bene ex ani
mo volo. Cicero ad Octauium, Aut ſi nulla ratione
publicis incommodis mederi queat. *Ou ſi on ne peult re*
medier a la perte de la choſe publique.

Terentius in Andria, Cum ego poſſim in hac re
medicari mihi. *Veu que ie puis bien remedier a cela.* Virgilius libro ſexto AEneid. Sed non Dardaniæ medicari cuſpidis ictum Eualuit. *Medeciner.*

Conducent tibi ſecreta ſtudia. Id eſt vtilia erunt.
Et, Conducit ad bonas literas. *Il eſt proufitable aux bon-*
nes lettres. Conducit ad parandas opes labor.

Confert tibi, vtilitatis eſt formula. *Il t'eſt proufitable.*
Fabius, Interim côfert admirationi multum infirmi-
tàs. Idem, Scio quæri etiã naturáne plus ad eloquen-
tiam côferat an doctrina. Cuius verbi diuerſus intel
lectus aliã atque aliam ſyntaxim habet. Quintil. lib.
4, Adhuc enim velut ſtudia inter nos conferebamus.
Nous communiquions & deuiſions de noz eſtudes. Et bona lo
cutio, inquit Donatus, Verba ad rem conferre. *Mettre*
en effect les parolles. Terẽtius in Eunucho, Verum enim
ſi ad rem verba conferantur, vapulabit. Cætera, varia
lectio docebit.

Consulo tibi, do consilium.

Consule rebus tuis: id est prospice.

Consulis me: id est consiliũ à me petis.

Sibi canit.

Consulo te. *Ie te demande conseil.* Quintilianus, Aures consulens meas.

Consulo tibi. *Ie te conseille. Ie te baille conseil.*

Consule rebus tuis. *Pouruoy a tes affaires.*

Cicero de lege Agraria, Atque hoc carmẽ tribunuſ plebis non vobis, sed sibi canit . *Il dit a son prouffit, non pas au uostre.*

Idem in Bruto, canere musis, dixit. *Complaire aux doctes en son dire.*

Metuo, Timeo, Formido tibi: id est sum sollicitus pro te.

Metuo te : id est Timeo ne mihi noceas.

Coniungitur vterque casus.

Omnia tibi timeo , quæ solent pusillis accidere.

Terent. in Andria, Hei mihi, metui à Chryside. *Ie craignoye que le mal ne uint de Chrysis.*

Et, Metuo te. *Ie te crains.*

Metuo tibi. *Ie crains que mal ne t'aduienne.* Plautus in Amphit. Metuens pueris. Quintilianus vtrunque casum verbo addidit libro 4, Iudex, inquit, religiosus libentissime patronum audit, quem iustitiæ suæ minime timet. Ne noceat, scilicet. *Qui le trouble & empesche de bien iuger,&faire iuſtice.* Sic, Omnia tibi timeo, quæ ſolent puſillis accidere . *I'ay peur que tu neſois point hardy, mais que tu ſois couard.*

IMPERANDI ET NVN-tiandi.

Ad hæc quæ imperandi & nuntiandi ſignificationem habent.

Iubeo te abire, Iubeo tibi vt abeas.

Impero, Præcipio.

Præeo: vt, Iudicibus præire conatur.

Præſcribere leges victis.

Dicta mihi iuſiurandum.

Edico tibi miles, Mando, Committo.

Delegauit mihi ſuam vicem.

Indixit mihi bellum.

Deſigna, Cõſtitue, Præſtitue, Cõdicito.

Præfige mihi diem ac locum.

Tempero tibi, & te: id eſt rego.

Moderatur animo, iræ: & Moderatur principem.

Imperandi & nuntiandi verba præter accuſatiuum datiuo perſonæ adhærent.

Iubeo, præcipio, impero. *Ie commande.*

Cicero pro Milone, Heſterna etiam concione incitati ſunt, vt vobis voce præirent. *De parler deuant uous:*

eáque præfari,quæ fequi vos oporteret. Quintilian⁹,
Doctores non poſſe ſemper præire legentibus . *Les*
guider. Ad quod refertur, Eius verba ſubſequi. *Dire a-*
pres luy,parler apres ung aultre,& reciter ce qu'il a dict.

Iudicibus præire conatur : *Il veult monſtrer aux iuges*
comment ilz doibuent iuger.

Cicero de Senectute, A quibus iura ciuib⁹ præſcri-
bebantur. *Lesquelz ordonnoyent les loix aux citoyens.* Præſcribere enim,Latina lingua ſtatuere , & certo modo
antè ordinare ſignificat,authoritatis verbum.

Dicta mihi iuſiurādum. *Declairez, dictes moy la forme*
du ſerment. Dictare certe iuſiurandum,eſt illius verba
præire,iuraturóque dictare.

Terentius in Eunucho,Miles edico tibi. *Ie te fais a*
ſcauoir. Quod eſt etiam iubere aliquid.

Idem in Andria , Bona noſtra hæc tibi committo,
& tuæ mando fidei.Id eſt (ſi mihi liberum eſt ita loqui)Pono in tuam ſaluam gardiam.

Cæſar in Nerone,Quare nunquam poſtea publico
ſe illud horæ ſine tribunis commiſit procul & occul
te ſubſequentibus. Committere ſe publico, *Se monſtrer*
& ſortir dehors.

Terentius,Huic mandes. *Baille luy la charge. Donne luy*
la commiſſion.

Cicero,Poſt delegatam mihi prouinciam.*Apres m'a*
uoir donné en chargè ce pais . Delegauit mihi ſuam vicē.
Il m'a enchargé de tenir ſon lieu . Il m'a faict ſon lieutenant.
Delegare aliquem,officio exequendo præficere.

Indicere bellum,Liuio frequens. *Signifier la guerre &*
*deffier.*Idem libro decimo ab vrbe condita,His nun-
tijs Senatus cōterritus, iuſtitium indici,delectum o-
mnis generis hominum haberi iuſſit. *De ſignifier les v.z*

cations de la court.

Varietas, Deſignare, Conſtituere, Præſtituere. Aſſi-
gner. Terentius in Phormione,

Certe hercle, ſi ſatis commemini, tibi quidem olim
eſt dies,

Quam ad dares, huic præſtituta. *Le iour a eſté aſſigné.*
Conſtitue mihi locum. *Aſſigne moy le lieu.* Coſtitue mihi diem *Aſſigne moy le iour.*

Et, Præfige mihi diem ac locum. *Aſſigne moy le iour*
& le lieu.

Cicero, Nam cum mihi condixiſſet Craſſus, cœnauit apud me. *Qu'il m'euſt inuité à ſouper.* Condicere cœnam, conuiuatoris eſt. Indicere autem, côuiuæ, & ad
cœnam ituri. Hæc locis multis Budæus.

Plinius in epiſt. Temperare mihi non poſſum. *Ie ne*
me puis gouuerner. Virgilius, Ille regit dictis animos, &
temperat iras. Id eſt regit. *Il appaiſe ſon ire.*

Idem ſecundo AEneidos, temperare à lachrymis
dixit. *Se garder de plourer.*

Cicero pro Cælio, Quòd & pudor tuus moderatur orationi meæ. *Modere.* Et cum accuſatiuo: Suetonius in Auguſto, Nec ſucceſſum victoriæ modera-
tus eſt. Id eſt rexit.

NVNTIANDI.

Dico tibi, ſcribo tibi, & ad te: Loquor
Recenſeo, Narro, Expono, Explano,
Explico, Aperio, Indico, Demonſtro,
Commonſtro.

Refero:id eſt narro.

Retulit ad Senatum:id eſt propoſuit in Senatu.

Hæc omnia datiuo gaudent,nuntiandíque vim ſortiuntur.

Loquor tibi,*Ie parle a toy*:& Loquor ad te, recipiuntur.Loquor verò te,inauditum.Ad hæc dicimus,Loquor tibi verba,Loquor tecum, Loquor verbis, Loquor ad te.Plaut.Si falſum ad te loquar.

Et ſine caſu ſingulare eſt pro iudicare . Cicero pro Milone,Res ipſa loquitur.Id eſt demonſtrat.

Cicero Lẽtulo, Summam feci cogitationum mearum omnium,quam tibi, ſi potero, breuiter exponā. *Laquelle ie uous declareray en brief ſi ie puis.*

Terentius in Phorm.Quem amicum tuũ ais fuiſſe iſtum?explana mihi.*Declaire moy & donne a entendre.*

Plautus,Age iam,& hoc ænigma aperi nobis.*Declaire nous ce doubte.* Eruditi hominis oratio eſt, Aperi caput illi.Id eſt fac illi(ſi ſic loqui licet)reuerentiam.

Indico híc tertiæ declinationis eſt, pro Denuntiare,cuius paulò antè meminimus:vt,Indicere ferias populo.*Commander les feſtes.*Dolabella Curialibus ieiunia indicebat.*Commandoit les ieunes aux parrochiens.*

Refero tibi.*Ie te recite.*Refero autem ad Senatum,eſt rem in Senatu decernendam propono:quod reportare dicimus.Et ad populum refero,pro Murena Cicerò.Item in Catilinam oratione ſecunda, Reliquis autem de rebus conſtituendis,maturandis,agendis,iam ad Senatum referemus,quem vocari videtis.

OBSEQVII ET REPV-
gnantiæ.

Quæ ad obfequium, fiue repugnan-
tiam pertinent.

Morigeror, Morem gero,

Obfequor, Obfecundo, Obferuio.

Seruire tempori.

Inferuit fuis commodis.

Subferuio, Subparafitor, Ancillor,
  Affentor,

Adulor, Palpor, Obedio, Milito,
  Pareo.

Terentius in Adelphis, Si adolefcenti effes mori-
geratus. *Si uous euſſiez obey.*

Et Morem geres animo puellæ. *Tu feras le uouloir de
la fille.*

Obfequor, Obfecundo, *complaire à quelqu'ung.*

Terentius in Andria, Eorum obfequi ftudijs, ad-
uerfus nemini. *Il ſ'accordoit à ce que les aultres uouloyent
faire.*

Phocilides, Temporibus cautus femper feruire
memento. Seruire tempori, *Faire felon que le temps ueult.
S'accommoder au temps.* Siquidem, vt Budæo placet in
Græcæ linguæ Commentarijs, Seruire, addictum effe fignificat, & neceffitate alicuius obferuationis ob-
ftringi atque obferuantiæ. Cicero in Oratore, Seruire numeris. Ad Brutum, Scenæ feruire. Pro Sextio,

Seruire dignitati.In epiſt.Seruire valetudini.Ibidem,
Oculis ſeruire.In Offic.Seruire vtilitati . Pro Cælio,
Seruire pietati.Pro Murena, Naturæ ſeruire & con-
ſuetudini.Quæ omnes formulæ ſunt tranſlatitiæ.

Inſeruit ſuis cōmodis. Il tĕd a faire ſon prouffit.Cic.
Quos ſuis commodis inſeruituros,& quod ipſis ex-
pediat facturos arbitramur?

Terentius in Andria , Tu vt ſubſeruias orationi,
vtcunque opus ſit verbis, vide . Reſpons luy a ce qu'il te
dira,& luy tiens propos.

Plautus in Amph.Accedam, atque hanc appella-
bo, & ſubparaſitabor patri. Ie luy obeiray cóme ung fla-
teur.Ie le flateray.

Cicero in Salluſtiũ,Nō enim vni priuatim ancilla-
tus ſũ.Ien'ay pas faiſt plaiſir ou ſeruice a ung en particulier.

Aſſentor, Adulor, Palpor, Flater. Plautus, Hei tu
quoque aſſentaris huic.Tu le flates.Terētius cum accuſatiuo aſſentor poſuit:Imperaui egomet mihi om
nia aſſentari.De leur accorder tout ce qu'ilz diront, ſoit bien,
ſoit mal. Iuuenalis, Quem munere palpat. Plautus,
Obſeruatote quàm blandè mulieri palpabitur . Sed
frequentior eſt datiui vſus.

Pareo, obeir. Cicero Curioni, Niſi meis amantiſſi-
mis conſilijs paruiſſes.

Auſculto tibi,id eſt obedio.

Auſculto te,id eſt audio.

Audiens dicto.

Obtempero,Cedo,Concedo.

Auſculto tibi, Ie te obeys. Terentius in Adelphis,
Huic aſine auſcultes.Idem, Auſculta pauca. Id eſt

audi.Cicero pro Deiotaro, Aut qui dicto audientes in tanta re non fuiſſent. Audiens dicto, *Obeiſſant aux dictz & commandemens.*

At verbo (audio) hoc modo vti nolim , ſed cum accuſatiuo.Terent.in Andria,Audín' tu illum?

Cicero pro Milone,Cederem tēpori Iudices. *Ie me gouuerneroye ſelon le temps:* neque tempori repugnarem. Virgilius,Cede deo.Idem accuſatiuum adiūxit , Cedat ius proprium regi.*Qu'il quitte ſon droict au roy.*

Terentius in Phorm.Si argentū acceperit, ducēda eſt vxor,vt ais.concedo tibi.*Ie t'accorde ce que tu dis.*

CONSENTIO.

Conſentio tibi,ſiue tecum.

Aſſentio,ſiue aſſentior tibi.

Diſſentio tibi,ſiue abs te.

Subſcribo tuo iudicio, Suffragor, Aſtipulor.

Aſſenſus verba datiuum exigunt. Cicero in Academicis quæſt. Mihi neutiquam cor conſentit. *Mon cueur ne ſi addonne nullement.* Conſentire, *Eſtre d'ung accord.* Conſentit ſibi, qui ſibi conſtat,ſuíque ſimilis eſt.Cic.1.Offic.Hic ſi ſibi ipſe conſentiat. Vtrunque recté dicimus, Conſentit illi,& Conſentit cum illo. Cic.Senatus mihi aſſenſus eſt.Et Officiorum 1, Vnū ne incognita pro cognitis habeamus, híſque temere aſſentiamur. Aſſentimur homini, cui credimus. Et, Aſſentimur rebus quas credimus,vt liquet ex his locis.Datiuo accuſatiuus accedit.Cic.de Oratore,Cætera aſſentior Craſſo.

Vtrūque receptum eſt,Diſſentio tibi, & Diſſentio

abs te. *Eſtre de diuerſe opinion.* Quintilianus, Huic opi-
nioni neque accedo, neque plane diſſentio. *Ie ne ſuis
de ceſte opinion, ne ny contredy pas auſſi du tout.* Idem lib.3,
Quanquam diſſentire ab eo non timide ſolet.

    Subſcribo tuo iudicio. *Ie ſuis de ton aduis.* Traianus
ad Plinium, Tuo tamen deſyderio ſubſcripſi. Id eſt
faui. Perita inde locutio, quòd Subſcribere cauſæ, veteribus dicebatur, quod nunc adiungere cauſæ. *S'ad-
ioindre au proces.* Vide Budæum in poſterioribus annotationibus.

    Suffragari, auxiliari dicimus, *Fauoriſer:* ſicut Refra-
gari, repugnare. Cicero de legibus, Mihi enim vide-
ris fratrem laudando, ſuffragari tibi. *Faire pour toy, &
ayder toymeſme.*

    Aſtipulor tibi, *Ie ſuis de ton aduis.*

Accedo tibi, ſiue tuæ ſententiæ : id eſt approbo.

Hoc acceſſit meis malis, ſiue ad mea mala: id eſt additum eſt.

Accedit huc, Accedit his, & Accedit ad hæc.

Conuenit mihi tecum.

Conſtat hoc nobis, ſiue inter nos.

    Accedo tibi, ſiue tuæ ſententiæ. *Ie ſuis de ton opinion.*
Quintilianus, Nec Celſo accedo. pro addor, vel ad-
iungor, datiuo vel accuſatiuo cũ præpoſitione gaudet: vt, Hoc acceſſit meis malis, ſiue ad mea mala.
Auec tous mes aultres maulx cecy m'eſt aduenu de ſurcroiſt. Te-

rētius in Andria, Ad hęc mala hoc mihi accedit etiā.

Conne&endi formulæ funt: Accedit huc, Accedit his, Accedit ad hæc. Auecce, D*auantage.* Plinius in epiſt. Accedit huc dignitas hominis.

Conuenit mihi hoc tecum. Id eſt, ſine controuer-ſia eſt inter nos quod ego dixi. *Tu t'accordes a moy en ce-la.* Terentius in Adelphis, Hæc fratri mecum non conueniunt, neque placent. Conuenit hoc inter nos. *Nous ſommes d'accord en cela.* Plaut⁹ in Moſtel. Bene igi tur ratio accepti & expenſi inter nos conuenit. *Nous n'auons point de diſcord, quant aux miſes & receptes.* Conue nit hoc mihi. Hoc eſt, decens eſt. *Cela m'eſt propre & bien ſeant.*

Conſtat hoc nobis, ſiue inter nos. *Nous ſommes d'ac-cord en cela.* Cicero libro primo ad Herenniũ, Ad hęc, quæ di&a ſunt, arbitror mihi conſtare cum cæteris ſcriptoribus.

REPVGNANTIAE.

Refragor, Obſto, Obſiſto, Obſtrepo, Reſiſto,
Repugno, Relu&or, Reclamo, Officio, Occurro,
Obuiam eo, Obuiam fa&us eſt mihi, Aduerſor.

Eſt aliud verborum genus datiuum recipiens. Ea ſunt repugnãtiæ verba, quorũ hîc ſupellex ponitur.

Terētius in Eunucho, Neque tibi obſtat, quod qui-dem facis. *Cela que tu fais, ne te nuyſt point.*

Cicero ad Lentulum, Cui quia obſiſti nõ poterat,

Bibulo aſſenſum eſt . *Auquel pourtant qu'on ne luy po"uoit reſiſter, ny contrarier.*

Obſtrepit nobis. *Il crie contre noſtre dire.* Nam öbſtre pere dicitur , qui dictis alterius ſtrepitu aduerſatur. Paſſiua voce Cicero vſus eſt pro Marcello, Sed támē eiuſmodi res neſcio quomodo etiam dum audiuntur, dum leguntur, obſtrepi clamore militum videntur, & tubarum ſono. Id eſt obturbari.

Cicero, Cum reſiſtere eius improbitati non poſſem. *Reſiſter.* Nam vulgo vim ſuam habet.

Repugno, *Ie ſuis diſcordant.* Quintil. lib. 1, Vt cum hiſtoriæ cuidam, tanquam vanæ repugnaret.

Idem, Diu ſum equidem reluctatus. *l'ay reſiſté long temps a leur opinion.*

Iſti ſententiæ nemo non reclamabit . *Tout le monde ſera contre ceſte opinion .* Reclamat aduerſarius . Cicero Lentulo, Eius orationi vehementer ab omnibus reclamatum eſt.

Officere alicui, *Luy nuyre.* Cicero 3. Offic. Quorum altitudo officeret auſpicijs.

Perſius, Veniēti occurrite morbo. *Reſiſtez.* Aliquãdo obuius fio ſignificat. Cicero pro Cluentio, Sed ego occurram expectationi veſtræ.

Obuiam eo illi, *Ie uoys au deuant de luy.* Obuiam factus eſt mihi. *Il ma rencontré en chemin.*

Repugnantiæ eſt illa Salluſtij formula, Præterea modeſtiſſime parēdo, & ſæpe obuiam eundo periculis, in tantam claritudinem breui peruenerat. *En reſiſtant & en ſe donnant de bonne heure garde des dangiers.*

Diſſideo tibi, ſiue tecum.

Contendo tibi, ſiue tecum.

Hoc abs te contendo: id est vehementer peto.

Certat illi, siue cum illo.

Noli pugnare duobus. Græce magis
quàm Latinè dixit Catullus. pro, cū
duobus.

Cicero in Lælio, Cum is tribunusplebis capitali ō-
dio à Q. Pompeio dissideret. *Quant il estoit en dissension*
auec Pompee iusques à la mort.

Datiuum habet apud Horatium,
Scire volo, quantum simplex hilarísque nepoti
Dissideret.

Variat verbi (contendo) syntaxis, & significatio.
Cum datiuo, aut ablatiuo affixa (cum) præposi-
tione, certare significat: vt, Contendo tibi, siue tecum.
Ie me bas à toy. Virgilius,

—Quis talia demens

Abnuat, aut tecum malit cōtendere bello? *Faire guer-*
re. Si verò ei ablatiuus apponitur, (à) vel (abs) præpositione præfixa, petere significat. Cicero Curioni,
Verecundius abs te, siqua magna res mihi petenda
esset, contenderem. *Ie demanderoye.*

Virgilius, Mōtibus in nostris solus tibi certat A-
myntas. Idem, Tu dic mecum quo pignore certas?
Que ueulx tu gager contre moy? Certat illi, siue cum illo.
Il est en debat auec luy.

Cicero 2. Off. Licet ei dicere, honestatem aliquando cum vtilitate pugnare. Ibidem, Si id, quod spe-
ciem habet honesti, pugnaret cum eo, quod vtile vi-
deret. *Estoit differant, repugnant.* Catullus, Noli pugna-

re duobus : Græca imitatione dixit. vt Virg. Tacito
pugnabis amori . pro cum amore . Sic enim Græci.
Aristophanes, Ἐγὼ πϵρὶ ταύτης ὂ μάχομαί σοι.
Ad verbum, Ego de hac non pugno tibi.

RELATIVA.

Verba quæ relationem, & respectum
habent ad aliquid.

Quæ huic est coniunx , tibi nurus est.
Platoni corpus est vox: id est iuxta Pla
    tonis sententiam.

Aristoteli spongiæ sentiunt.

Verba, quorum significatio ad vocis alterius sensum refertur, datiuum asciscunt. Terent. in Hecyra,
At, ita me dij ament, haud tibi hoc concedo : etsi illi
pater es. Nã patris appellatio, filij sensum requirit.

Quæ huic est coniũx, tibi nurus est. *La femme de luy
est ta belle fille.*

Huc pertinent citandi formulæ : Platoni corpus
est vox. *La uoix est ung corps, selon l'opinion de Plato.* Vide
Gellium lib.5.

Ciceroni sola virtus, bonũ est. *Selon l'opiniõ de Cicero.*

Aristoteli spongiæ sentiunt . Plinius de spongijs
piscibus loquens lib.9.cap.45, Intellectum inesse his
apparet: quia vbi auulsorem sensere contractæ, multo difficilius abstrahuntur.

RELATIVA PER COMPO-
sitionem.

Huiusmodi fermè sunt composita

cum his præpofitionibus, præ,ad, con,
fub,ante,poft,ob,in,& inter.

P R AE.

Ego meis præluxi maioribus.

Præpollet omnibus.

Prænitet, Præminet, Præftat omnibus,
fiue omnes.

Præcellit omnibus,vel omnes.

Præbibit mihi. Præripuit illi.

Præeo, pro vinco: Præcedo, Præcurro,
Præuerto, Præuenio,accufatiuum ex-
.igunt.

Cicero in Salluftium , Ego meis maioribus vírtute
mea præluxi:vt fi prius noti nõ fuerint,à me initium
accipiant memoriæ fuæ. *Ie fuis le premier gentil homme de*
ma race, & le plus uertueulx de tous mes anceftres.

Præpollet omnibus. *Il furmonte tous* . Plinius libro
primo,Ardeam Rutuli habebant, gens vt in hac re-
gione,atque in hac ætate diuitijs præpollens. *Riche fur*
tous les aultres.

Prænitet omnibus. *Il eft beau fur tous.*

Præminet. *Il fe monftre par deffus tous.*

Præftat omnibus,fiue omnes. *Il paffe,ou furmóte tous*
les aultres.

Præcellit, *Il furmonte.*

Quæ loco datiui accufatiuum non repudiant. Terentius,Homini homo quid præftat!

Que les ungs uallent beaucoup plus que les aultres! Quintilianus libro I, Præstat ingenio alius alium, concedo. *Les*
ungs ont plus beau esperit que les aultres.

Præbibo tibi. *Ie boy a toy* : vt Præbibo tibi hunc di-
midiatum cyathum.

Præripere, *Prendre le premier & deuant les aultres.* Cicero pro Roscio Amerino, Ne istius quidem laudis ita
sum cupidus, vt alijs eam præreptam velim.

Boetius, Præire cæteros honore cupis. *Tu ueulx auoir*
plus d'honneur que les aultres.

Cæsar, Heluetij reliquos Gallos virtute præcedũt.
Ilz passent & surmontent. Et datiuo iungitur. Plaut. in
Asinaria, Vestræ fortunæ meis præcedunt.

Me multis studijs præcurrebat. *Il estoit plus auacé que*
moy. Plinius in epist. Scio quæ tibi causa fuerit impe-
dimento, quo minus præcurrere aduentum meũ pos-
ses. *Courir au deuant de moy.*

Cum datiuo legitur. Cicero in Catil. Mihi studio
pene præcurritis.

Plautus in Amphitr. Clàm illuc redeundum est
mihi, ne me vxorem præuertisse dicant præ republi-
ca. *Qu'il me dient que i'aye plus aymé ma femme, que l'affai-*
re publique.

Præuenire, *Venir deuãt.* Quæ verba paulo venustius
per translationem efferuntur.

A D.

Admolitus est illi manum.

Accubuit, Assedit mihi.

Aduolutus est genibus.

Admoueo.   Arrisit matri.

Appreſſit pectori codicem.

Adegit gladium pectori. Affigo.

Adhæreo. Adhæreſcit. Adlubeſcit.

Adiacet AEgypto. Affulſit mihi ſpes.

Acclamabant dicenti.

Item illa datiuus ſequitur.

Admolitus eſt illi manum . *Il a mis la main ſur luy.* Plaut. in Aſinaria , Vbi ſacro manus ſis admolitus.

Accumbo tibi. *Ie ſuis aſſis a table pres de toy.* Plautus in Sticho, Vtrum tibi accumbo?

Cicero, Huic aſſident, pro hoc laborant.

Plinius in epiſtolis, Quis ex iſtis, qui tota vita literis aſſident? *Qui ne font que eſtudier?*

Aduolui genibus, *ſe ietter* : Budæus pro ſupplicem eſſe dixit in Græcæ linguæ Commentarijs.

Plautus in Epid. Aduolutúſque pedibus meis, tanquam tuus hæſit.

Nondum admoui cyathum labijs. *Ie n'ay pas encore porté le woirre a ma bouche.* Virgilius, Necdum illis labra admoui. De poculis loquens.

Admouere, *Mettre au pres.* Amouere, *Oſter.*

Arriſit matri. *Il a ſoubris a ſa mere.*

Terentius, -Clemens, placidus, Nulli lædere os, arridere omnibus.

Appreſſit pectori codicē. *Il la ſerré contre la poictrine.*

Adegit gladium pectori. *Il luy a fourré le couſteau en la poictrine.* Virgilius, -Sed viribus enſis adactus Tranſadigit coſtas. Plin. Adigere ſacramēto, dixit. *contraindre a faire ſerment.* Terēt. in Adelphis, Prò Iupiter, tu homo adiges me ad inſaniā . *Tu me feras deuenir fol.*

Plautus in Sticho, Adhæſit mihi ad infimum ven-
trem fames. *La fain ma tenu iuſques au fond du uentre.* Obuia ſūt & illa, Adhęſit muro, & in muro, & ad murū.
Il ſ'eſt ſerré & tenu côme poix au mur, ou contre le mur. Huic
ſignificatione non diſſimile illud Ciceronis pro P. Se-
ſtio, Ad columnam adhæreſcere. Idē de Oratore, Et
ad genus id, quod quiſque veſtrum in dicendo pro-
baret, adhæreſcerent. *Qu'ilz ſe tinſent.* Plin. lib. 24. cap.
19, Philantropon, herbam Græci appellant hirſutam,
quoniam veſtibus adhæreſcat.

Plautus, Iam mihi adlubeſcit. *Il me plaiſt.*

Adiacet AEgypto. *Il eſt es frōtieres D'egypte, & tout au
pres.* Columella, An putem fortunatius à catenato re-
pulſum ianitore, ſæpe nocte ſera foribus ingratis adia
cere? *Geſir au pres.*

Affulſit mihi ſpes. *I'ay quelque eſperance.* Spémque re
cepi. Ornatus gratia ſumpta tranſlatio. Vide Eraſmi
Chiliadas.

Acclamabāt dicenti, Cum acclamatione laudabāt.
Ilz diſoyent bien de luy.

CON.

Conuixit nobis.

Commigrauit huic viciniæ.

Commori tibi cupio, ſiue tecum.

Colludo tibi, vel tecum.

Conuixit nobis. *Il a veſcu auec nous.* Plautus ablatiuū
tribuit cum præpoſitione. Is in Amphit. Vt hodie tecum conuiueret?

Terentius in Andria, Interea mulier quædam ab-
hinc triẽnium ex Andro commigrauit huic viciniæ.

Eſt uenue demourer en ce uoyſinage.

Cōmori tibi cupio,ſiue tecū.*Ie ueulx mourir auec toy.*

Colludo tibi,ſiue tecum . *Ie me ioue auec toy,ou a toy.*
Horatius in arte poetica,Colludere paribus, dixit. *Se iouer auec ſes compaignons.*

S V B.

Subiacent fortunæ.
Succedo, Subiicio, Subeſt,
Subolet patri.

Datiuo & illa iunguntur.

Subiacet fortunæ.*Il eſt ſubieᶜ a fortune.*Plinius epiſt. libro 5,Quinetiam Apennino ſaluberrimo montium ſubiacent.*Ilz ſont deſſoubz.*

Cicero in Piſonem, Cum tu non ſolum quòd tibi ſuccederetur , ſed etiam ꝗ Sabino non ſuccederetur, pene exanguis ac mortuus concidiſti. *Qui te ſuccedoit.* Virgilius quarto AEneid.Quis nouus hic noſtris ſuc ceſſit ſedibus hoſpes?*Eſt entré en noz poſſeſſions?*

Plinius, Cum totam villam oculis ſubijcere cona‐ mur.*Vous deſcripre clerement.* Virgil. ‐& ramea coſtis Subijciunt fragmenta.*Ilz ſoubmettent.*

Plin.Suberāt tecto abiegnæ trabes. *Eſtoyent deſſoubz.*

Subire,*Se ſouuenir:*aliàs datiuo,aliàs accuſatiuo ſub‐ ijci gaudet.Curtius,Cogitationi noſtræ nunquā ſub‐ ijt.Idem,Sero pœnitentia ſubijt regem.

Et infinitiuo.Plinius,Subit antiquitatem mirari.

Subit tectis ſiue tecta:pro eo quod eſt,Ingreditur, paſſim occurrit.

Terent.in Phorm.Nunquid patri ſubolet? *Mon pe‐ re ne ſ'en doubte il point?*Subolet, dixit ſuſpectū eſſe, metaphora prouerbiali.

ANTE.

Antestat, Antepono, Antefero te omnibus.

Antecedit, Anteuertit, Antecellit omnibus, vel omnes.

Anteeo te, non tibi.

Præterea in datiuum feruntur hæc. Gellius, Qui &
viribus, & magnitudine, & adolescentia, simúlq̃ virtute cæteris antestabat. *Estoit plus excellent.*

Cicero, Vt amicitiam omnibus rebus anteponatis.
Que uous preferiez amitie a toutes aultres choses.

Idem, Qui me antetuleritis nobilitati . *Qui m'auez
preferé a noblesse.*

Antecedere, *Aller deuant.* Terentius in Phormione,
Iámne ea præterit? D. Non: verum ei hæc antecessit.

Cum accusatiuo, Cicero, Biduo me Antonius antecessit itinere.

Idem, Celeriter antecellere omnibus ingenijs conti
git. Idem, Qui eloquêtia cæteris antecellis. *Qui es plus
eloquent que tous les aultres.* Antecellere omnibus vel om
nes, *Passer tous les aultres en quelque scauoir ou bonte.*

Cicero in Lælio, Atque idipsum, cum tecum agere conarer, Fannius anteuertit . *Il s'auanca de parler premier & dire deuant moy.* Inelegantium est sermo, Abstu
lit de ore. Terêt. Miror vbi huic anteuerterim. *Ie m'esbahys en quel lieu ie l'ay passé sans le uoir.*

Terentius, O Phædria, incredibile est quanto herum anteeo sapientia . *Que ie suis beaucoup plus sage que mon maistre* . Cui verbo author datiuum apponi negat. Tamen Gellius libro 2,Quanto,inquit, Olympicum stadium cæteris pari numero factis anteiret. Et Plautus,Virtus omnibus rebus anteit profecto. *Vertu ua deuant toutes choses.*

P O S T.

Posthabeo, Postpono famam pecuniæ.

Posthabeo,postpono famam pecuniæ. *Ie ne prise pas tant renommee,qu'argent,& en tiens moins de compte.*

O B.

Obgannit nobis , Occinit, Obturbat . Oppono , Obiicio , Oppedo, Obmurmuro.

Terentius à bruto animali traslatione sumpta,obgannire dixit,odiose loqui:In Phormione,Habet hæc ei quod dum viuat, vsque ad aurem obganniat . *Luy rompre les oreilles de criz & courroux.*

Obgannit nobis. *Il nous rompt les oreilles.*

Occinere, *Contrechanter.*

Obturbare. Terentius in Andria,Itáne verò obturbat? *Est il ainsi qu'il trouble tout?*

Quintil.lib.10,Nam Ciceronem cuique eorum for titer opposuerim. *Mettray a l'encontre.* Terētius in Phormione, Ager oppositus est pignori ob decem minas. *Le champ est engagé pour cent escuz.*

Plaut⁹ in Epidico, Neque ille haud obijciet mihi, pedibus esse prouocatum. *Il ne me reprochera point.* Frequentius verbum , pro *Mettre au deuant.* Plautus in Curcul. Cui homini dij sunt propitij,lucrum ei profecto obijciunt.

Horatius in Sermonibus, Vín' tu curtis Iudæis op
pedere? Prouerbialiter reclamare & contemnere.

IN.

Indormis faxis.

Inuigilas chartis.

Immoraris, Immóreris.

Infudas ftudiis.　　Infides faxo.

Illudo tibi.　　　　Infulto.

Cicero in Philip. An faces admouēdæ funt, quæ te
excitent tantæ caufæ indormientem? *Qui es endormy de*
foing que tu as en cefte affaire?

Inuigilas chartis. *Tu es foigneux des lettres.*

In eadem re dixit Horatius in epiftolis,
Immoritur ftudijs, & amore fenefcit habendi. *Il fe tue*
de trauailler.

Plinius in epift. Per hoc enim affequebamur : pri-
mùm, vt honeftis cogitationibus immoraremur. *Qu̓e*
nous nous arreftiffions a penfees honneftes. Quintilianus libro fecundo, Ne terrenis immorer. *Affin que ie ne m'ar-*
refte point fur, &c.

Infudas ftudijs. *Tu trauailles trop.*

Virgilius, Floribus infident varijs. *Se pofent.* Infides
faxis. *Tu es pofé fur les pierres.* Cui verbo accufatiuus interim datur.

Virgil. Certántque illudere capto. *Se mocquer.* Datiuus additur.　Accufatiuus autem in illo Terentij in
And. Dum ftudeo obfequi tibi, penè illufi vitam fi-
liæ. *I'ay prefque mis ma fille en diffamation.*

Suetonius in Cæsare, Ex eo insultaturum omniũ capitibus. Sallustius, Multos à pueritia bonos insultauerat. Insultare, *Se mocquer, Auoir en derision*. Cuius, vt vides, varia syntaxis.

Inniteris arundini.

Nitor quoque simplex: Nititur suis viribus. Imminet capiti.

Impendet omnibus periculum.

Incessit mihi cupiditas.

Inniteris arundini. *Tu es appuyé sur une canne.* Cicero pro Cluentio, Hoc igitur iudicium reprehendas tu, cuius accusatio rebus iudicatis inniti videtur.

Nitor quoque simplex datiuo iungitur. Quintil. lib. 12, Quem iuuenem, tenerísque adhuc viribus nitentē, in forũ deducemus. Et ablatiuo. Cic. Offic. 1, Quorum consilio atque authoritate nitatur. Idem pro Cluentio, Altera pars mihi niti, & magnopere cõfidere videbatur inuidia iam inueterata iudicij Iuniani. *Prendre la son pied.* Atque hîc fiduciã causæ collocare, vt vult Budæus in Commentarijs Græcæ linguæ. Huic verbo Fabius accusatiuum cum præpositione ('ad) dedit. Is lib. 1, Altius tamen ibunt, qui ad summa nitentur, quàm qui præsumpta desperatione circa ima substiterint. *Qui s'efforceront de paruenir en hault.* vt Cicero Niti ad gloriam & immortalitatem, in Catone maiore dixit. Ibidem sine casu, Quantum quisque potest, nitatur. *Qu'il mette peine.*

Imminet capiti periculum. *Le danger est bien pres & prochain.* Et, Imminet in caput. Cicero Philip. septima, Qui in Gallia delectus habent? qui in nostras fortunas imminent?

Cicero de Senectute, Mortem igitur impendêtem omnibus hominibus timens,quis poffit animo confiftere? *La quelle eſt prcſte a cheoir ſur tous.*

Accuſatiuum habet apud Terentium in Phorm. Ita nunc imparatum ſubito tanta te impendent mala. *Tant de malheurs ſont pres de cheoir ſur toy.*

Inceſſit mihi cupiditas. *L'affection m'eſt uenue.* Valerius Max. Nec mihi cuncta complectendi cupido inceſſit. Accuſatiuus hic eſt tolerabilis. Terent. in And. Noua nunc relligio te iſthæc inceſſit, cedo? Inceſſit me ille. *Il me cerche pour me faire deſplaiſir.*

Ineſt illi,vel in illo.

Incidit mihi lis cum nebulone.

Intermiſcet vera falſis.

Interſerit, Interiicit.

Interfuit conuiuio.

Interuenit colloquio.

Cicero in Lælio, Ineſt in amore fruct9. *Il y a du prou fit a aymer.* Quintilianus, Sed naturis ipſis ars inerit.

Incidit mihi lis cum nebulone. *I'ay prins noyſe auec ung lanternier.* Terentius in And. Quî iſthæc tibi incidit ſuſpicio? *Dont te uient ceſte ſuſpicion?* Hoc & accuſatiuo cum(in)iungitur. Cicero de Amicitia , In eum ſermonem eum incidere. *Qui tenoit ce propos.* Ibidem,Si in honoris contentionem incidiſſent. *Si fuſſent uenuz a briguer ung office.*

Intermiſcet vera falſis. *En metant il dit quelque uerite.*

Intermiſcet, *Il meſle parmy.*

Interſerit, idem. Plinius in epiſt. Prædia agris meis vicina, atque etiam interſerta, venalia ſunt.

Liuius libro primo, Aliáſque interieƈtas collibus valles. *Miſes parmy.*

Cicero ad Brutum, Qui noſtro ſermoni interfuit. Ponitur cum ablatiuo &(°in). Idem ad Plancum, Siquid erit, in quo intereſſe neceſſe ſit, nunquam deero. *Ou il ſoit neceſſaire ſe trouuer.* Interfuit conuiuio. *Il a eſte au banquet.*

Quintilianus lib. 9, Græci parentheſim vocant, dũ continuationi ſermonis medius aliquis ſenſus interuenit. Interuenit colloquio. *Il eſt ſuruenu ſur les parolles.*

CONTINGENTIAE.

Contigit mihi, Accidit, Euenit, Vſu venit, Obtigit, Ceſſit, Succeſſit, Obuenit, Vertit, Cecidit.

Cognatæ ſignificationis ſunt hæc, quibus apponitur datiuus. Terēt. in Heaut. Iſtuc tibi ex ſentētia obtigiſſe lætor. *Ie ſuis ioyeux que cecy t'eſt uenu cõme tu uoulois.*

Idem in Hecyra, Quæ nec opinanti accidunt. *Qui ſuruiennent ſans qu'on y penſe.*

In Phormione, Mihi vſu venit, hoc ſcio. *Cela m'eſt aduenu.* Quintilianus lib. 2, Sunt qui labori iſti ſucceſ ſerunt. *Qui ont prins ceſte charge.* Terentius in Adelph. Quę res tibi vertat male. *Ie uouldroye qu'il t'en print mal, ou qu'il t'en uint mal.* Bene vertat, Male vertat, formulæ ſunt optantis, vel imprecantis: vt, Res bene, vel male eueniat.

CONFIDENDI.

Fido, Confido, Fidem habeo, Fidem

facio, Fidem do, Polliceor, Spondeo, Nubo.

Confidendi verba à posteriori datiuum habent, quorum hîc sylua ponitur.

Cic.de Amicitia, Ego verò non grauarer si mihi ip se confiderem. *Si ie sentoye en moy que ie le peusse faire.*

Terentius in Eunucho, Miseram me , forsitan hic mihi paruam habeat fidem. *Par auenture il ne me croit pas beaucoup, & ne se fie pas en moy.*

Facere fidem, *Faire croire.* Cicero in Pisonem, Non facies fidem scilicet cum hæc disputabis . *On ne uous croira pas.* Idem in Catilinam I, Fidem faceret oratio mea. *Mon dire seroit creu, ma parolle feroit foy.*

Fidem dare, *Promettre la foy.* Terentius in Hecyra, Si mihi fidem das te tacituram. *Si tu me promectz la foy de ne dire mot.*

Plaut.in Aulul.Pollicitus sum illi mercedem. *Ie luy ay promis salaire.*

Idem in Trinummo, Spódén' ergo tuam gnatam vxorē mihi? *Me promectez uous uostre fille en mariage?*

Terentius in Andria, Aiebant hodie filiam meam nubere tuo gnato. *Que ma fille se marioit a uostre filz.* Et cum ablatiuo intercedente (°cum) ponitur. Plautus in Asin.Dum quidem cum illo nupta eris.

Item hæc,
Liquet, Vacat, Placet, Displicet, Dolet, Licet, Succenseo, Indignor, Minor.

Ad hæc sequentia cum datiuo reperies.

Liquet, Il est tout cler.　Terentius in Eunucho,
Illum liquet mihi deierare his mensibus
Sex vel septem prorsum non vidisse proximis,
Nisi nunc cum minimé vellem.

Quintil. Cui esse diserto vacat. *Qui a soucy d'estre di-*
sert. Et pro otiosum esse. Ouidius, Non vacat exiguis
rebus adesse Ioui.

Et pro operam dare. Plinius in epist. Aut etiam
corpori vaco.

Pro vacuum esse, cum ablatiuo. Cicero Curioni,
Præsertim cum in quo accusabar, culpa vacarem. *Ie*
n'estoye en rien coulpable. Et, Vacare à bellis, idem dixit.

Placet mihi. *Il me plaist.*

Displicet tibi. *Il te desplaist.*

Terentius in Phormione,
Vín' primum hodie facere quod ego gaudeam Nau-
sistrata,
Et quo tuo viro oculi doleant? *Que ton mary soit marry*
de le uoir?

Cicero primo Tuscul. Licuit enim otioso esse
Themistocli. *Il luy a esté permis.*

Terêt. in Heaut. Nihil succêseo, nec tibi, nec huic.
Ie ne me courrouce point n'a toy, n'a luy.

Indignor eodem intellectu effertur.

Cicero in Tusc. Cui cum Lysimachus rex cruce
minitaretur. Idem pro Milone, Quorū vtrique mortem est minitatus. *Il les a menassez de les faire mourir.*

DATIVI ADVERBIALES.
APPENDIX.
Adduntur & hi datiui aduerbiales:
Tempori surgendum.

Vefperi venit.

Luci occîdit hominem.

Datiui tres : Tempori, En temps opportun: Vefperi,
A uefpre, Sur le tard: Luci, De iour:pro aduerbijs temporis ponuntur.

Plaut. Sed fi venturus tempori. Terent. in Heaut.
Nunquam tam mane egredior , neque tam vefperi
Domum reuertor,quin te in fundo confpicer
Fodere.

Vefperi venit. Il eft uenu fur le uefpre.

Cicero in Philip. Quis enim audeat luci,& in mi-
litari via? Luci occîdit hominem. Il a tué de iour.

Verbis aliquoties datiuus feftiuita-
tis, id eft iucūditatis gratia, adiungitur.
Suo fibi hunc iugulo gladio.

Demea Terentianus, Suo, inquit, fibi hunc iugulo
gladio. Ie le bas de fon mefme bafton. Sumpta metapho-
râ ab ijs, qui in pugna fuis ipforum telis confodiun-
tur. Vbi datiuus (fibi) nulla neceffitate, fed tantū iu-
cūditatis gratia adiungitur.

Eft, pro habeo.
Eft tibi mater. Non eft tibi quod agas.
Et, Intercedit mihi cū illo familiaritas.

(Eft) habendi fignificatione vtimur cum datiuo.
Terentius in Adelphis, Natura tu illi pater es, con-
filijs ego.

Eft tibi mater. Ceft ta mere.

Non eft tibi quod agas: pro eo quod eft, Non habes quod agas. *Tu n'as rien a faire.*

Intercedit mihi cum illo familiaritas.*Nous auons fa-*
miliarite enfemble . Eodem modo dicimus , Intercedit
mihi tecum amicitia . Intercedit tibi cum illo affi-
nitas.Interceffit verò Tribunus,Gallicè, *Il s'eft oppofé.*
Valla lib.3.

GEMINI DATIVI.
NONNVNQVAM GEMINOS
HABET DATIVOS.

Non fit tibi curæ.

Interim verbo(*eft*)datiuus vnus & alter accedit.

Non fit tibi curæ.*N'en ayez point de foucy.*

Virgil.Phœbo mea carmina curæ.Subaudi,funt.

Terētius,Sunt hæ tibi nuptiæ cordi?*Ces nopces vous*
font elles aggreables?

Cic.pro Cluentio,Quæ res nemini vnquam frau-
di fuit. *Laquelle chofe ne fut iamais dommageable a aucun.*

Item hæc,

An id fibi ftudio habet?

Hoc tu tibi laudi ducis.

Speras tibi laudi fore, quod mihi vitio
vertis?

Dedit mihi veftem pignori,dono, mu
tuo.

Dedit mihi pecuniam fœnori.

Terentius in Adelphis,
Vtrum ftudióne id fibi habet,an laudi putat
Fore,fi perdiderit gnatum?*Paffe illa fon temps?*

Cicero 2.Offic.Habere enim quæſtui rempub.nõ modo turpe eſt, ſed ſceleratum etiam & nefarium, *Gouuerner la choſe publique a ſon proufit*,dixit:quemadmodum dicimus, Habere riſui, habere ludibrio, habere curæ,habere prædæ. Quod tamen non itidem liceat in cæteris omnibus.

Terent. in Adelph. Tu nunc id tibi laudi ducis, quod feciſti inopia. *Vous reputez eſtre honneur a vous.* Ad hunc modum dicimus, Ducere vitio. *Eſtimer mal faiϛ.*

Ducere damno.*Eſtimer dommageable.*

Ducere probro.*Prendre a deſhonneur.*

Ducere honori.*Reputer eſtre honneur.*

Speras tibi laudi fore,quod mihi vitio vertis? *Eſperes tu que ce ſera honneur a toy, ce que tu reputes n'eſtre pas bien faiϛ a moy?*

Plautus in Epidico,Quis erit,vitio qui id non vertat tibi?*Qui ne te blaſme de ce?*

Dicitur & in crimen vertere, vel in vitium. Liuius,Romanos mihi obijcis,& ea,quæ gloriæ eſſe debent,in crimen vertis.

Do geminos datiuos habet. Plautus in Moſtel. Quadraginta etiam dedit hucuſque pignori. *Il a mis en gage.* Terentius in Eunucho, Hanc tibi dono do. *Ie vous en fais ung don.* Plautus in Curcul. Sub veteribus ibi ſunt qui dant, quíque accipiunt fœnore. *Qui preſtent a uſure.* Terentius in Andria, Nunc quam rem vitio dent,quæſo animũ aduortite. *Que ceſt qu'ilz deſpriſent.* Cic.in Bruto,Quinetiã memini,cum in accuſatione ſua Q .Gallo crimini dediſſet. Dare crimini,*Blaſmer.*

ACCVSATIVVS POST VERBVM.

Verba tranfitiua cuiufcunque generis,exigunt accufatiuum fignificantem
id quod patitur:vt,

Saluta patrem.　　Numeras arenam.

Bibis vinum.　　Loqueris mēdacium.

Ofculatur vxorem.

Tædet, Piget, Pudet, Pœnitet, Miferet
me tui.

Decet te.　　Non decet fenem.

Dedecet virginem impudentia.

Antiqui dicebant & Decet tibi.

Tranfitiua verba appellat , quorum fignificatio in
aliud feu patiens tranffunditur.

Saluta patrem. *Salue ton pere.*

Numeras arenam. *Tu pers ta peine. Tu n'auances rien.*
Quæ oratio parœmiam redolet.

Loqueris mendacium . *Tu dis menfonge.* Plautus in
Amphi.Hæc quidem deliramenta loquitur.*Elle ne fait
que refuer.* Idem, Quæfo loquere tuum mihi nomen.
S'il uous plaift,dictes moy uoftre nom.

Idem in Moftel.Quid tute tecum loquere?*Que par-
les tu a toymefmes?*Cic.de Amicitia,Nulla videbatur a-
ptior perfona,quæ de illa ætate loqueretur.Obferuet
puer hoc verbum in cafus varios ferri.

Ofculatur vxorem.*Il baife fa femme.*

Decet te, *Il te conuient.* Plautus in Moſtel. Contem=
pla, amabo, mea ſcapha, ſatín' hæc me veſtis deceat. *Si
ce ſte robbe me ſiet bien.* Non decet ſenem. *Il ne conuient pas
a ung uieillart.*

Dedecet virginē impudentia. *Il eſt deſhonneſte a une fille de n'eſtre point honteuſe.* Ouid. ſexto Metam. Admouí-
que preces, quarum me dedecet vſus.

A vetuſtate eſt repertum, Decet tibi, cum datiuo.
Terent. in Adelph. Imo hercle ita nobis decet.

D V O   A C C V S A T I V I.

Sunt quæ geminum admittunt accu
ſatiuum.

Docuit me literas.

Dedocebo te iſtos mores.

Popoſcit me mutuum.

Rogat, Orat, Flagitat, Exorat te veniã.

Poſtulo, Flagito.

Peto abs te hanc rem, frequētius, quàm
te, ſine præpoſitione.

Eſt aliud verborum genus cum duobus accuſatiuis, quæ natura ſua ſignificant doctrinam precéſve.

Docuit me literas. *Il m'a enſeigné la ſcience.* Cicero in
epiſt. Sitij cauſam te docui.

Dedocebo te iſtos mores. *Ie uous feray bien oublier ces
couſtumes.* Nam pugnantibus verbis eadem eſt conſtructio.

Quintilianus lib. 2, Equidem prius, ac difficilius onus dedocendi,quàm docendi.

Terentius,Primùm hoc te oro.

Popofcit me mutuum. *Il m'a demandé ce qu'il m'auoit prefté.* Cicero in Verrem, Et parentes pretium pro fe-pultura liberûm pofceret.

Plautus in Bacch.Hanc veniam illis te exorem fi-ne. *Pardonne leur pour l'amour de moy.*

Exoraui præceptorem ludendi veniam. *I'ay obtenu du maiftre conge de iouer.*

Virgil.2. AEneid. Pacem te pofcimus omnès. *Nous uous requerons paix.*

Peto magis amat accufatiuum cum ablatiuo,præ-pofitione affixa. Cicero de Senectute, Ab eis cenfeo petatis, qui ifta profitentur. *Ie fuis d'aduis que le deman-dez a ceulx qui monftrent & enfeignent cela.*

Exuo,Induo,Veftio,Calceo,Cingo, pofteriorem, hoc eft accufatiuum rei, fæpius mutant in ablatiuum.
Exuit fe chlamydem,fiue chlamyde.
Accinxit fe gladio.

Induendi verba fiue his contraria, accufatiuũ cum ablatiuo admittunt:rarius accufatiuos duos.

Exuit fe chlamydẽ,fiue chlamyde. *Il a defpouille fa cot te d'armes.* Chlamys veftimentum non diffimile ei,cui intexti liliorum flores,quódque induti regès Gallorũ depingi folent. Author Lazarus Bayfius. Bũdæus cre dit effe,quam cottam armorum vocamus.

Induo,veftio, *Veftir.* Cicero act.7. in Verrem, Ipfe fefe induit priore actione.

Calceo, *chauffer.* Plinius lib.7,Nos quoque vidimus

Athanatum nomine prodigiofæ oftentationis, quin-
quagenario thorace plumbeo indutum, cothurnífᴄɢ
quingentorū pondo calceatum, per fcenam ingredi.

Gellius, Scuto pedeftri , & gladio Hifpanico cin-
ᢤus. *ceinᢤ.*

Accinxit fe gladio. *Il a prins fon baſton a fon coſté.*

Tacitus in vndecimo, Feruntque militē, quia extra
vallum non accinᢤus:atque aliū,quia pugione tan-
tùm accinᢤus foret,morte punitos. Virgilius AEneidos 7 ,Fidóque accingitur enfe.

Quintil.lib.12,Horū fcientia debet effe fuccinᢤus,
accedente verborum figurarúmᴄɢ facili copia. Sumpta tranflatione à militibus,qui fuccinᢤi dicebātur,
accinᢤi quoque gladio.

Infigat puer altiūs animo voces illas,quæ ad con-
texendas huiufmodi formulas pertinent.

Indufium, *Vne chemife.*

Thorax, *Vng pourpoint.*

Thorax lineus, *Vng pourpoint de toile*,Suetonio.

Tunica, *Vng fayon.*

Tunica linea, *Roquet,vne canie.* Apud meos Lemoüi-
ces, *Vne bliaude.*

Veftis,Stola. *Vne robbe.*

Veftis hodœporica, *Vne robbe courte.*

Veftis talaris, *Robbe longue.*

Veftis ferica heteromalla, *De velours.*

Amphimalla veftis, *Vng fredin:* qua vtrinque villofa
nautæ vtuntur & agricolæ.

Heteromalla veftis, *Cappe:*quæ nautis præcipuè Bur
degalæ veftis vfum præftat.

Palla Gallica, *Palletoc,ou aubergeon.*

Tibialia, *Bas de chauffes.*

Amictus pelliceus, *Vne aumuce.*

Epomis, *chapperon de maiſtre.*

Lacerna vel pallium, *Vne cappe de docteur:*vnde Lacer nati doctores.

Caligæ, *Des chauſſes.*

Subuculum, *Vne braye.*

Feminalia, *Hault de chauſſes.*

Plaga, *Toile de femme pour couurir ſa teſte pendente derrie-re:*qua Vaſconicæ mulieres, & Lemouicum ingenuæ vtuntur.

Gallicæ, nos Gallozas dicimus, *Des ſabotz.*

Crepida, *Vng patin ou ſoulier eſcolete.* Ex Gellio.

Calceus feneſtratus, *Soulier d'obſeruantin.*

Armillæ, armillarum, *Braceletz.*

Ocreæ, ocrearum, *Des houſeaulx.*

Prætexta, *Robbe ou ſayon bandé.* nam prætexere, broda-re: prætexturam, cimoſiam dicimus, *ung bord.*

Ceſtus, *Vng tiſſu ou demyceinct d'une eſpouſee.*

Zona, *Ceincture.*

Funis canabeus, *La ceincture d'ung cordelier.*

Chirothecæ, *Des gantz.*

Penula, *Vng manteau.*

Vitta, *Des templettes ou bandeaux.* quod inſigne pudoris Lemouicum puellæ ferunt.

Reticulum, quàm coepham vocamus.

Toga rara, *Robbe de chambre.*

Syntheſis, *Robbe de liuree:*cuiuſmodi Satellitum veſtis

ACCVSATIVVS REI ET PERSONAE.

Quædam vtrumuis admittunt, rei, ſeu perſonæ.

Vicit te,& vicit litem.

Excufat fe,& excufat valetudinem.

Accufat te , & accufat tuam negligentiam.

Vicit te, & vicit litem . Il *à gaigné la caufe ou le proces*
contre toy.

Cicero de Oratore, Cum eloquentia vincebat cæteros medicos. Idem, Ac fine dubio in omni re vincit imitationes veritas. Id eft fuperat & potior eft.

Idem, Me vno defendente vicit.

Excufat fe. Il *f'excufe*. Plautus in Afinaria, Vxori ex-
cufes te. *Excufez uous enuers uoftre femme.*

Excufat valetudinem. Il *dit que fa maladie en à efte cau-*
fe. Plin. Oculorū valetudinem excufauit. *Il à dit que le*
mal qu'il auoit aux yeulx eftoit en caufe qu'il n'eftoit uenu. Vide
Vallam lib. 5.

Accufat te,& accufat tuam negligētiam:vt crimen
accufatiuo cafu efferatur, quod frequentius in genitiuo locum habet. Nam accufo te negligentię, potius
diceretur. Altera tamen oratio vetuftatis fide non caret. Cicero ad Quintum fratrem, Nam quòd inertiā
accufas adolefcētium. Tacitus de Claudio, Cum mo
dò incufaret flagitia vxoris . In quibus Græca imita-
tio eft. Vide Budæum.

MOTVS AD LOCVM.

Quæ fignificant motum ad locum
aliquem, accufatiuum poftulant nominis proprii citra præpofitionem.

Eo Romam.   Rediit Athenas.
Nauiganit Carthaginem.

Eo Romam. A *Romme*. Cicero ad Atticum 7, Capuam venire iuſſi ſumus ad Nonas Februarias.

Redijt Athenas . *Il eſt retourné a Athenes*. Cicero ad Atticum 7, Spémque adfert , ſi in Picenum agrum ipſe venerit, nos Romam redituros.

Nauigauit Carthaginem. *Il eſt allé a Carthage par mer.* Ne hîc puer ſe torqueat, an his caſus legibus ſeruitutis ſolutus ſit, emendata orationis ſtructura contentus.

Item hæc,
Confero me domum.
Recipio me rus.
Nam appellatiuis , ſiue maiorũ locorũ vocabulis, fere præpoſitio additur.
Profectus eſt in Hiſpaniam.
Reuerſus eſt in Prouinciam.
Abiit in forum.

Appellatiua duo (rus) & (domus) ad hunc modũ ſine præpoſitione ponuntur.

Confero me domum. *Ie m'enuois a la maiſon.*

Recipio me rus. *Ie m'enuois aux champs.* Terentius in Phorm. Neque me domum nũc reciperem, niſi mihi hîc eſſet ſpes oſtenſa.

Cæteris appellatiuis additur præpoſitio. Cicero ad Atticum nono, Nos autem audieramus eũm profectum, ſiue ad Pompeiũ, ſiue in Hiſpaniã. *En Eſpaigne.*

In Aquitaniam. *En Guienne.*

In Angliam. *Angleterre.*

In Prouinciam. *En la Prouince, ou au païs.*

In Germaniam. *En Germanie.*

In Italiam. *En Italie.*

Abijt in forum. *Il s'en est allé en la court.*

Cæsar lib.7.bel.Gal. Duas reliquas in Lemouicū fines, non longe ab Aruernis misit. *Sur les marches de Limosin, pres D'auuergne.*

Cicero Appio Pulchro, Ego in Prouinciã veni pri die Calendas Sextiles. Idem, Quin tu in malã rem abis? Imprecantis oratio est.

Et virorū proprijs. Cicero in Lælio, Quo mortuo me ad Pontificem Scæuolam contuli.

Proprijs autem admodum raró. Cicero ad Atticū 8, Cum esset incertum iter Cæsaris, quòd vel ad Capuam, vel Luceriam iturus putabatur.

Cæsar 6.bel.Gall. Concilium in Lutetiam Parisiorum transfert. *A Paris.* Hi Parisij, *Les gens de Paris.*

Idem libro septimo, Ille oppidum Biturigū positū in via, Nouiodunum oppugnare cœpit. Hi Bituriges, *Les gens de L'euesche de Bourges.* quomodo dicíne debeat, lectoris cadat iudicio. Ad oppidum Lemouicū proficiscar. *A Limoges.* Hi Lemouices, horum Lemouicū, his Lemouicibus. *Les gens de Limoges.* Sic oppidum Petragoriorum, *Perigueurs.* Oppidum Pictonum, *Poictiers.* Oppidum Sentonum, *Seinctes.* Oppidum Garitum, *Agen.* Qua appellatione, non me fugit ipsius Prouinciæ vrbē aliam à Metropoli venire posse. Ciceto pro Flacco, Cum maximo ornatissimóque comitatu venit in oppidum Græcorum.

Sed quid hæremus? Docet Budæus (ad quod exem

plum virtutis mens mea dirigi ſtudet)& Prouinciæ,
& vrbis eandem appellationem eſſe. Is in epiſtolis,
Vale Pariſijs, De *Paris*, milies vſurpat:cum tamen Pa-
riſios, populum eſſe conſtet. Idem, Vale ad Remos,
oppidum celebre. quo modo dicam, Vale Lemouicibus, De *Limoges*.&, Vale ad Lemouices. Vale Sentoni-
bus, De *Seinctes*. Vale Auſcis, De *aulx*. Et Alciatus, Vale
Biturigibus, De *Bourges*.

Ex Budæo & illud docebo, Vale Bleſis, De *Blais*. Vale Ambaſiæ, De *Amboiſe*. Vale Trecis. & Vale ad diui
Germani, De *ſainct Germain*. Subaudi, ædem.

SPATIVM TEMPORIS.

Quibuſlibet verbis apponitur accu-
ſatiuus ſignificans ſpatium temporis.
Potauit totam noctem.
Hîc totum deſedi diem.
Viginti annos natus eſt.
Iam ſeculum te opperimur.

Potauit totam noctem. *Il a yurongné toute la nuyct.*
Terentius in Eunucho, Vbi totum deſedi diem.
La ou i'ay demouré aſſiz toute la iournee.
Iam horam hîc deſedi. *Il y a une heure que ie ſuis icy.*
Viginti annos natus eſt. durum eſt, Habet viginti
annos. Terent. in Eunu. Verum ſi ea viuit, annos
nata eſt ſedecim. Cicero de Senectute, Arbitror te
audire Scipio, hoſpes tuus Maſiniſſa quæ faciat hodie nonaginta annos natus. *Qui a auiourdhuy quatre
uingtz & dix ans.*
Iam ſeculum te opperimur. *Il me ſemble qu'il y a cent*

ans que ie uous attens . Hyperbole hæc eſt prouerbialis, prolixum tempus ſignificans.

Cicero de Seneɛt. Viginti duos annos ei ſacerdotio præfuit. *Il a tenu uingt & deux ans ce benefice.*

APPENDIX.

Quanquam hic aliquoties in ablatiuum vertitur:

Commoratus eſt apud nos tribus horis, ſeu tres horas.

Accuſatiuo ſiue ablatiuo indifferenter vtimur, continuum tempus ſignificantes.

Commoratus eſt apud nos tres horas, ſiue tribus horis. *Trois heures.*

Pli. Nihil ſalutare, niſi quod toto anno ſalubre.

Cicero 1. Offic. Annū iam audientem Cratippum.

Qui ducit vxorem, vno menſe fœlix eſt. *Qui ſe marie, n'a de bon temps qu'ung moys* . Sed vſitatior accuſatiui vſus.

APPENDIX.

At quoties non ſpatium, ſed ſpecies temporis ſignificatur, ablatiuus tantum apponitur.

Noɛte vigilas.   Luce dormis.

AEſtate domi deſides.

Hyeme nauigas.

Superioribus diebus ad te ſcripſi.

Anno proximo te viſam.

Significatur autem species, cum interrogatio fit per quando:vt,

Quando venies? Hora tertia.

Spatium verò, cum fit interrogatio per quandiu:vt,

Quandiu vigilasti? Duas horas.

Nocte vigilas. *Tu ueilles la nuyct.*

Luce dormis. *Tu dors le iour.*

AEstate domi desides . *Tu demeures oyseux en ta maison l'este.*

Hyeme nauigas, *En yuer tu nauiges.*

Cicero, Superioribus diebus veni in Cumanum. *Ces iours passez.* Et iterum, Qui his paucis diebus Pōtifex factus. Et in futuro , Paucis diebus eram domesticos tabellarios missurus. *Dedans peu de temps.* Vt, Anno proximo te visam . *Ceste annee ensuyuante ie uous iray ueoir.*

Cicero Cornificio, Liberalibus literas accepi tuas. *Le iour de pasques i'ay receu uoz lettres.*

Sic Hilaribus, *Le iour de caresme prenant.*

Cineralibus, *Le iour des cendres.*

Soterijs, *Le uendredy sainct.* quæ neutra sunt numeri pluralis. Hoc Budæus me docuit in quadam epistola ad Erasmum.

Eiusdē generis est & illud, Die festo siquid prodegeris, profesto egere liceat. *Si uous despendez prodigalemēt le iour de feste, uous en aurez faulte le iour ouurier.*

Et, Iustis diebus nō exigetur pecunia. *On ne cōtraindra pas a payer durāt le terme de la court.* Hi erāt triginta dies dati cōquirēdæ pecuniæ causa, quā dissoluerent.

Fasto die vadimonium deseruit. *Le iour de la court il est cheut en default.* Fastus dies, *Le iour que la court se tient.* Dies nefastus, *Le iour que la court ne se tient pas.*

Status dies, *Le iour de l'ordinaire.*

Additur interdum præpositio. Horatius, Surgunt de nocte latrones. Quintil. lib. 1. cap. 1, Quæ per viginti annos erudiendis iuuenibus impenderam.

Terentius, In hoc biduum Thais vale. *A dieu pour ces deux iours.*

Triduum, *Trois iours.* Quatriduum, *Quatre iours.*

Cicero in somnio Scipionis, Qui ad multam noctem vigilassem.

Idem dixit ad Atticum, Ab hora octaua ad vesperam secretò collocuti sumus.

SPATIVM LOCI.

Quibusdam & loci spatium eodem modo apponitur.

Iam mille passus processerant.

Patet in longum quingenta stadia.

Latum culmum,   Latum vnguem,

Latum digitum.

Pedem hinc ne discesseris.

Abest ab vrbe sesquimiliarium.

Loci spatium in accusatiuo ponimus.

Iam mille passus processerant. *Ilz auoyent ia passé de my licue.* Passus, mesura quam brassam appellamus, vlnæ non admodum dissimilis.

Liuius, Cum tridui viam processissent. *Quãt ilz eu-*

rent paſſé oultre trois iournees de chemin . Via vnius diei,
Vne iournee de chemin.

Patet in longum quinquaginta ſtadia . *Il ſe monſtre*
de loing quatre lieues. Stadium, octaua pars miliarij, *vng*
*iect d'arbaleſtre,*à nobis dici poteſt. Cæſar in Commēt.
Herciniæ ſyluæ latitudo nouem dierum iter expedi-
to patet. *Neuf iournees.*

Cicero Academicarū quæſt.2, Ab hac regula mihi non licet tranſuerſum (vt aiunt) vnguem diſcede-
re. Plenus vndequaque conſenſus ſignificatur. *Il ne*
m'eſt pas permis d'aller a l'oppoſite en rien.

Plautinus Euclio in Aul. Si tu hercle ex iſtoc loco
digitum tranſuerſum, aut vnguem latum exceſſeris.
Si tu pars d'icy le large d'ung doigt. Si tu te bouges tant ſoit peu
de ceſte place.

Cicero in Verrem, act.6, Digitum non diſcedam.
pro eo quod eſt, quàm minimo ſpatio.

Vulgo etiam nunc dicunt, Latum culmum, ſimili
figura. pro eo quod eſt, ne tantillum quidem.

Pedem hinc ne diſceſſeris. *Ne te bouge. Ne va nulle part.*
Plautus in Aſinaria , Ne iſte hercle ab iſta non pedē
diſcedat. Cicero in Academicis quæſtionib. A Chry-
ſippo pedem nunquam. Loquitur de Antiocho, qui
reliquis cōtemptis, Chryſippū per omnia ſequebat.

Pes duodecim pollicibus noſtris conſtat.

Abeſt ab vrbe ſeſquimiliarium . *Il eſt loing de la ville*
trois quartz de lieue. Seſquimiliarium , miliarium cum
dimidio intelligimus: quæ menſura, leucæ noſtræ nō
admodum diſſimilis eſt.

Cicero , Cum abeſſem ab Amano iter vnius diei.
Que ie fuſſe loing d'une iournee.

Quanquam hic quoque nonnunquam vertitur in ablatiuum.

Abeſt à continenti quingētis paſſuum millibus.

Abeſt à continenti quingentis paſſuum millibus.
Il eſt loing de la terre enuiron deux cens cinquante lieues.

Plinius maior lib. 6, Alymnum à proxima conti-
nente abeſt ſeptem millibus paſſuum.

Virgilius, Nec longis inter ſe paſſibus abſunt.

Abeſſe conneƈtitur interim genitiuo, ſed per ecli-
pſim accuſatiuus (viam, itérve) deſyderatur.

Cicero in epiſt. Nos in ea caſtra properabamus,
quæ aberant bidui . *Qui eſtoient a deux iournees du camp.*
Plena enim locutio eſſet, Quæ aberant viam bidui.
Vt pro Plancio , Qui cum abeſſent aliquot dierum
viam. Ita variat oratio.

RECIPROCVS ACCVSA-
TIVVS.

Quodlibet verbum, quantumuis in-
tranſitiuum, admittit accuſatiuum nominis ſignificantis eundem aƈtum: vt,
Quam hîc vitam viuitis?
Endymionis ſomnum dormis.

Huius generis ſunt illa,
Longum nauigauit iter.
Hunc ſcio mea ſolide ſolum gauiſu-
rum gaudia.

Quam hîc vitam viuitis ? *Quelle uie menez uous icy?*

Plautus in Amphi. Vt profecto viuas ætatem mi
ſer. *Que tu uiues toute ta uie miſerablement.*

Cicero de Senectute, Tertiam enim ætatem vixe-
rat. *Il auoit uescu l'age de trois hommes.*

Plaut. in Merc. Quando mihi adimitur, qua cauſa
vitam cupio viuere.

Terent. in Adelph. Nam ego vitam duram, quam
vixi vſque adhuc , propè iam excurſo ſpatio , mitto.
La uie que i'ay mence iuſques icy.

Quintilianus, Qui vitam beatam viuere volet, phi-
loſophetur oportet. *Mener uie bien heureuſe.*

Idem lib. 12, Accuſatoriam vitam viuere, & ad de-
fendendos reos præmio duci, proximum latrocinio
eſt. *Defendre l'inſtigant durant ſa uie.*

Virgilius AEneidos 12, Amplius hũc oro ſine me
furere ante furorem.

Idem AEneid. 4,   -longam incomitata videtur
Ire viam. Et, Ire via, apud Terentium.

Plaut. in Pſeud. Prius quàm iſtam pugnã pugnabo.

Item in Aulul. Nam qui amanti hero ſeruitutem
ſeruit. *Qui ſert anž maiſtre-amoureux.*

Liuius, Atque ob eam rem noxam nocerunt.
Noxam nocere, eſt damnum dare. *Faire du mal.*

Terent. in Eun. Et quia conſimilem luſerat iam
olim ille ludum. *Il auoit ioué ung ſemblable ieu.*

Idem in Phormione , Cantilenam eandem canis.
Et, Mirabar ſiquid afferres noui. *Ie meſbahiſſoye bien ſi
tu diſoye quelque choſe de nouueau.*

Idem in Andria , Nam hunc ſcio mea ſolidè ſolum gauiſurum gaudia. Cicero Pæto, Puto vt ſuum
gaudium gauderemus . Plautus dixit etiam, Gaudere gaudio.

Eiufdem generis funt & illa : Longum nauigauit
iter.   Virgilius,
Gens inimica mihi Tyrrhenum nauigat æquor.

Endymionis fomnum dormis. *Tu ne fais que dormir.*
Ab Endymionis notiffima fabula. Is erat puer apprimè formofus, à Luna adamatus, cui quidem illa à pa
tre Ioue precibus impetrauit, vt quicquid optaffet,
id fieret. Optauit Endymion vt perpetuum dormiret
fomnum immortalis, perfeuerans & expers fenij.

Cicero de lege Agra. Atque hoc carmen hic Tribunus plebis non vobis, fed fibijpfi intus canit.

Sic, Dicta in te dicere, Philip. 2. &, Statuam ftatue-
re, in Verrem, acti. 5. &, Actum agere, in Lælio.

Illud addam ex abundanti, ne puer ab vfu fermonis rege difcedat, quatuor verbi actiui genera effe.

Primum, quod omnibus numeris abfolutum (°o)
finit, cuius extat paffiuũ in or: vt amo, as: amor, aris.

Alterum, quod natura duce duntaxat fortitur cafum tertiæ perfonæ, vtriufque numeri, vt aro: cuius
paffiuũ fic variat, aratur, arantur: arabatur, arabantur:
aratus eft, arati funt. Plaut. Non aruus hic, qui arari
foleat, fed pafcuus eft ager. Vnde paffiuorum more
exoriuntur participia duo, aratus & arãdus. Sic Vír-
gil. Arte laboratæ veftes: &, Arata littora, dixit.

Tertium, cuius tertia perfona paffiua, numeri fingularis apud receptos authores folum extat. Ouid.
Iam tertia viuitur ætas. Martia. Tota mihi dormitur
hyems. Quintil. lib. 1, Eft etiam quidam, ait, tertius
modus, vt vrbs habitatur, vnde & campus curritur,
mare nauigatur. Abs quibus participia duo etiã ve-
niunt. Salluftius, Quæ negotia multò magis quàm
prælium malè pugnatum terrebant. Terent. Excurfo

propè spatio,&c.Cicero pro Murena,Ex omnib⁹ pugnis acerrima mihi videtur illa, quæ cum rege com-
miſſa eſt,& ſumma contentione pugnata. Catullus,
Nox eſt perpetua vna dormienda.In quibus non lu-
xuriet puer,vſum ſecutus.

　Vltimum verbi actiui genus eſt , à quo voces aliquot vſus abſtulit,quod defectiuum dicimus.Cicero
in Partitionibus, Quot in partes diſtribuenda eſt o-
mnis doctrina dicendi?c. P.In tres.c. F. Cedo,quas?
Id eſt dic.cuius cæteræ perſonæ deſyderantur,præter
cedite,dicite.

ACCVSATIVVS PER FI-
GVRAM.

Item illa:Reſipit, Sapit aduſtionem.

Olet lucernam,hircum.

Olet vnguenta.　　　Spirat Italiam.

Vox non ſonat hominem.

Vineta crepat mera.

Viuũt Bacchanalia. Viuit Cynicum.

　Pleraque verba alterius vocis ſimul intellectum in-
duunt,ſimul eius ſyntaxim imitantur.

　Sapit aduſtionem.*Il ſent le bruſle.*

　Perſius,Cum ſapimus patruos,ignoſcite.

　Sapit arrogantiam.*Il fait de l'arrogant.*

　Reſipiũt iuuenile quiddam.In his tranſlatio eſt du
cta à corporis ſenſu.

　Sic dicũt,Sapit hæreſin.

　Sapit mel.*Il ha ſaueur de miel.*

　Perſius,Nec pluteũ cædit, nec demorſos ſapit vngues.pro faporem habet,vel repræfentat.*Il n'a pas trop bien penſé a cela . Il l'a paſſé bien legierement* . Taxat enim poetarum in ſcribendo negligentiam .

Huc pertinent & illa,Olet mendacium.*Il ſemble ad-uis que c'eſt menterie de ce qu'il dit* . Olet lucernam . *Ce eſt faiſt curieuſement.* Parœmia dicitur de re meditata,multóque ſtudio elucubrata.Vide Eraſmi Chiliadũ opus.

Quintilianus lib.8, Si fieri poteſt, & verba omnia, & vox huius alumnũ vrbis oleant.*Que tout ſente ſon bon latin*. Horatius lib. 1. Serm. Paſtillos Rufillus olet, Gorgonius hircum.Alterum ſpurci eſt,alterum mollis.*Ilz ſont tous deux entachez de uice*. Hircus,ait Budæ9, fœtor eſt alarum quem olent pubeſcentes,vbi Venerem agnoſcere incipiunt. Paſtilli autem,ſunt pillulæ vnguentariæ. Terentius in Adelphis,Olet vnguenta de meo.Plautus in Moſtel.

Non omnes poſſunt olere vnguenta exotica , ſicut tu oles.

Sine me alliatum fungi fortunas meas.*Tous ne peuuent pas ſentir le muz cóme toy:laiſſe moy ſentir les aulx.*Vnguenta enim(vt ſcribit Budæus) non ſunt medicamentaria , vt vulgo creditur , ſed ad ſuaueolentiam & delicias inuenta.

Plautus in Aulul.Aurum huic olet.*Il ſe doubte qu'il ayt ung treſor.*

Tullianam phraſim redolet. *C'eſt fort bon latin*, *Vous diriez que c'eſt latin de Cicero.*

Apul.5.Metam.Deam ſpirat mulier.Id eſt,præ ſe fert deã.Spirat Italiã. *Il tire ſur la bonte du pais D'italie.*

Virgilius 1. AEneidos, Nec vox hominem ſonat. *Ce n'eſt pas la uoix d'ung homme.*

Horat . Sulcos & vineta crepat mera.*Il ne tient pro-*

*pos que de uignoble . Il ne parle d'aultre chose .*Idem, Siquid
Stertinius veri crepat.Id eft loquitur,prædicat.

Iuuenalis Satyra 2,Qui Curios fimulāt, & Bacchā
nalia viuunt.*Qui font du fainct prophete, & font groffe chere
uiuans comme roys.*

Viuit Cynicum. *Il meine une uie auftere.*Nam Dioge-
nes ille Cynicus crudis oleribus, & fimplici,aqua vi-
ctitabat.

Boetius 4.de Confol.Segnis ac ftupidus torpet,a-
finum viuit. *Il eft pareffeux.*

Et quæ ponũtur aduerbiorum loco.
Furit indomitum. Dulcè fonat.
Toruum tuetur.Id eft, indomitè, dul-
citer,toruè.

Adiectiuum aduerbij loco ponitur.
Apuleius,Cum toruum in eos intueretur.
Furit indomitum.*On ne le peult donter.*
Virg. Sole recēs orto,aut noctē ducentibus aftris.
Tale eft illud, Fiftula dulcè canit , volucrem dum
decipit auceps.
Sicut apud Flaccum,Magnà fonaturum: pro ma-
gnè,dulciter,recenter,indomitè,toruè.

ABLATIVVS POST VERBVM.
Quoduis verbum admittit ablatiuũ
fignificantem qualecunque inftrumen
tum,aut modum actiônis.

Exemplum inftrumenti.
Petiit me faxo. Cecidit loris.

Enecas odio.　　Refellis argumentis.

Vincit sapientia.

Conciliauit humanitate multos.

Concordia res paruæ crescunt:Discor-
dia maximæ dilabûtur.Id est per dis-
cordiam.

Instrumentum appellamus,quo aliquid fit.*Dequoy.*

Petit me saxo. *Il me ueult frapper d'une pierre.* Lingua
vulgi *mancier* appellat.　Virgilius,
Malo me Galathea petit lasciua puella.

Plautus,Bene monstrantē pugnis cædis. *Tu le frap-
pes a coups de poing.*

Cecidit loris.*Il l'a batu d'ung fouet.*

Plautus in Persa, Tu nunc odio me enecas. *Tu me
romps la teste.*

Refellere argumentis: id est probationibus. *Donner
obiectz,contredire.*

Vincit sapiētia.*Il est le plus sage.* Plautus in Pœnulo,
Cochleam tarditudine vincit.

Consiliauit humanitate multos.*Par son humanite il a
acquis la grace de beaucoup de gens.*

Sallust.in Iugurtha, Concordia paruæ res crescūt:
discordia maximæ dilabuntur.*Par concorde,petites choses
croissent: par discorde,grant choses uont au bas.*

Exemplum modi.

Mira celeritate rem peregit.

Summa eloquentia causam egit.

Hîc tamē apponitur aliquoties præpoſitio cum.

Summa cum humanitate tractauit hominem.

Nam inſtrumeutis non apponitur.
Non enim recte dicitur,
Scribit cum calamo.

Modum Celtiſmo ſolemus interpretari , *comment.*
Cicero Lentulo , Nam cum in ſermone quotidiano,
tum in Senatu palàm ſic egit cauſam tuam,vt neque
eloquentia maiore quiſquā, neque grauitate, nec ſtudio,nec contentione agere potuerit, cum ſumma te-
ſtificatione tuorum in ſe officiorum. Agere cauſam,
Parler pour aucun,& plaidoyer pour luy.

Agere ſummo iure , *Proceder en toute rigueur de iuſtice.*
Cicero pro Cæcinna.

Idem,Agamus igitur pingui Minerua. *Parlons groſ-
ſement qu'on nous puiſſe entendre.*

Summa cum humanitate tractauit hominē . *Il l'a
traicté fort humainement.*

Percuſſit pugno:non,cū pugno.*Il l'a frappé du poing.*
Scribit calamo:non,cū calamo.*Il eſcript d'une plume.*
Tāgo te manu:nō,cū manu.*Ie vous touche de la main.*

APPENDIX.
His finitima ſunt , quæ ad Synecdo-
chen pertinent.

AEgrotat animo magis quàm corpore.
Diſcruciatur animo. Candet dentibus.

Rubet capillis. id eſt ſecundū animum,
  corpus,capillos.

  Poetæ dicunt per accuſatiuum:

Languet animum.

Rubet faciem.   Canet Capillos.

  Verba ad animi,aut corporis qualitatem pertinen-
tia,modò accuſatiuum,modò ablatiuum amant.
AEgrotat animo magis quàm corpore. *Il ſe trouue plus
mal de ſon eſperit,que de ſon corps*.

  Plautus in Caſina, Ego diſcrucior miſer amore . *Ie
ſuis tormenté & rauy d'amour* .

  Diſcrucior animi , pro animo , dicitur more anti-
quo.Plautus,Diſcrucior animi,quia ab domo abeun
dum eſt mihi.*Ie ſuis tout biſcaſié de mon entendement*.

  Eſt & ſynecdoche,Doleo ilia,vel ilibus.*Les flancs me
font mal*.Quod non recipit proſa:ſed,Ilia mihi dolēt.
Dolet mihi caput. *La teſte me fait mal*. Plautus in Am
phit.Mihi etiam miſero malæ dolent. *Les ioues me font
mal*.   Idem in Moſtel.Cor dolet mihi.

  At ille ſermo apud authores frequens eſt per ecli-
pſin:Doleo vicem tuam.*Ie ſuis dolent de ta fortune*.Sue-
ton.Se quoque reſpondit vicē eorum dolere.Et,Do-
lere interitum,Ciceroni in Philip. Et Dolere caſum,
Salluſtio,in vſu ſunt.vbi ſubauditur(propter).

  Candet dentibus.*Il ha les dens blanches*.

  Canet capillos.*Il ha les cheueulx blancs*.

  Rubet faciem.*Il ha la face rouge comme ung tauernier*.

  Languet animum.*Le courage luy fault.Il eſt couard*.

  Virgil.Sanguineíſque inculta rubēt auiaria baccis.
Quibus occurrentibus non protinus vtendum,cum
ſua cuique ſit propoſita virtus.

COMPARATIVA.

Quæ vim obtinent cõparationis, ad-
mittunt ablatiuũ significantẽ mensurã.
Multo præstat cauere, quàm admittere.
Multis, infinitis partibus te vincit.
Duplo superat.
Nimio excellit, antecedit.

Auxesis verba peculiariter his amplificamus, quibus & comparatiua: quare in eum locum sententiam
nostram differimus.

Multò præstat cauere, quàm admittere. *Il uault beaucoup mieulx fuyr & euiter, que de faire quelque meschancete.*

Terentius in Eunucho, Quod cauere possis, stultũ
est admittere.

Multis, infinitis partibus te vincit. *Il te gaigne de beaucoup.* Duplo superat. *Il le surmonte au double.*

Nimio excellit. *Il le surmonte de trop.*

MOTVS A LOCO.

Quæ significant motum à loco, siue
per locum, eadẽ nomina admittunt in
ablatiuo, quæ in genitiuo apponeban-
tur cum significabatur quies in loco.
Discessit Londino. Rure reuersus est.
Louanio sum facturus iter.

Discessit Londino. *Il est party de Londres.*

Rure reuersus est. *Il est retourné des champs.*

G. iiij.

Louanio fum facturus iter . *Ie paſſeray par Louuain.*
Nam facere iter, per locum ſignificat.

Apponitur ſemper præpoſitio Per ap pellatiuis regionum nominibus.

Per Italiã eundum eſt Græciam petẽti. Per forum ibis.

Per Italiam eundum eſt Græciam petenti. *Qui ua en Grece, il fault qu'il paſſe par Italie.* Cicero 10. ad Atticum, Etiam illud erat perſuaſum, Pompeium cum magnis copijs iter in Germaniam per Illyricum feciſſe.

Per forum ibis. *Tu paſſeras par le marché en allant.* Cicero ad Atticum, Fecit iter per poſſeſſionẽ, in qua animal reliquum nullum eſt.

Adduntur & hi ablatiui aduerbiales: Hàc eundum eſt, illàc, iſtàc.

Ablatiuos aduerbiales dixit aduerbia quædam, quę ablatiui faciem quandam habent. vt, Hàc eũdum eſt, *Par icy.* Iſtàc, *Par la ou tu es.* Quæ ſimile quiddam patiuntur, vocabulis in aduerbium tranſeuntibus.

Qua, pro aliqua parte, ſeu via: vt, Siqua licebit effugere.　　Et relatiuè, Qua ſpectat AEgyptum.

Qua, loci aduerbiũ, *Par ou, par quelle part,* dicunt. plerique tamen eclipſin eſſe malunt deſyderato ſubſtantiuo (parte) ſeu (via.) Virgilius, Dic mihi qua ſit iter. *Par ou il fault paſſer.*

Siqua licebit effugere . *s'il eſt permis de ſ'en fuyr par quelque part.*

Cicero Attico, Qui video te diſtentiſſimum eſſe, qua de Buthrotijs, qua de Bruto. vt ſit ſenſus, Qua parte de Bruto ſermo ſit.

Et relatiuè:vt,Qua ſpectat AEgyptum. *Du coſte qui regarde Egypte,qui eſt uers Egypte.*

Cæſar 2. belli Gal. Qua minime arduus ad noſtras munitiones aſcenſus videbatur . Vt Virgilio (quo) -quo ſæpe ſolemus
Paſtores ouium,teneros depellere fœtus.

ABLATIVVS ABSOLVTVS.

Quibuſlibet verbis additur ablatiuus abſolutè ſumptus.

Me dormiente tu bibis.

Hoc me viuo non facies.

Hæc fiunt te rege,te conſule,te põtifice.

Te impulſore feci.

Lilio præceptore tantus hic euaſit.

Docti duorum verborum alterum,modò vni vinculi nota temporiſve præfixa fuerit, in faciem participij vertunt. Incidit enim longè fœlicius participij vſus,quàm verbi.Sed huius rei ratio nõ vna eſt. Nã communi calculo auferendi caſus participium eſt, qui ablatiuus abſolutus dicitur,quòd membri & inciſi vim, quæ hiſce legibus ſoluuntur, obtineat. Cicero , Niſi explicita ſolutione non ſum diſceſſurus. Id eſt prius quàm explicuero.

Terent. in Heaut. Licere ſperas fore me viuo patre?*De mon uiuant?*

Cic.in Parad.Te duce latrocinium in foro conſti-

tutum. *Toy eſtant conducteur*. Et Offic.1, Retinenda eſt
igitur huius generis verecūdia,præſertim natura ipſa
magiſtra & duce. *Veu que nature le nous enſeigne.*

Terent.in Eunu.Here ne me ſpectes:me impulſore hæc non fecit. *Ie ne l'ay point induyt a ce faire.*

Aliquando ſolum participium in conſequentiæ
ablatiuo legitur, ſed in præterito, & genere neutro.
Liu.Et ne ibi quidem nuntiato quò pergerent.

Quintilianus, Excepto, quòd pedes mihi triſylla-
bos videtur excedere.

Salluſtius,Audito regem in Siciliam tendere.

Autumant plerique orationis partem, quæ participia ſequitur,nominis vicem ſupplere. Budæus tamen tantus author in Cōmentarijs Græcæ linguæ,
ablatiuos à verbo imperſonali eſſe credit more Græcorum, quo modo Liuius rectis à participio imperſonali vſus eſt:Nuntiatum,inquit, Fruſinone infantē
natum eſſe quadriennio parem.

Vſus tamen ſermonis rex,ſi eiuſdem perſonæ verbum fuerit,participio nominandi caſus gaudet.Cic.
de Amicitia,Itaque ipſe mea legens ſic afficior interdum,vt Catonem,non me, loqui exiſtimē. Ibidem,
Reſpondet Lælius, cuius diſputatio eſt de amicitia,
quam legens tuipſe cognoſces.

Si verò perſonæ diſſimilis vtrunque verbum eſt,
eius caſus participium eſto, quem verbum alterum,
ſi ei apponi poſſit,amat.Salluſtius in Iugurtha, Im-
pius Adherbalem cruciatum necat.pro eo quod eſt,
cruciat & necat.Quintil.libro 1,Triceſimus dies red-
debat victo certaminis poteſtatem. *Celuy qui eſtoit uain-
cu,auoit trente iours pour ſe reuancher.*

Idem 3, Mihi cuncta rimanti talis ratio ſuccurrit.

Apres auoir tout penſé, mon aduis eſt tel. Cicero de Seneſt.
Nec verò dubitet agricola, quanuis ſenex, quærenti
cui ſerat, reſpondere, Dijs immortalibus.

IMPLENDI, ONERANDI.

Verba implendi, onerandi, & his diuerſa.

Satio, Saturo, Expleo te fabulis.

Ingurgitauit ſe cibo.

Obruit ſe vino.

Oneras ſtomachum cibo.

Leuabo te hoc onere.

Exonerabo te nummis.

Nudauit., Exuit, Spoliauit me bonis
omnibus.   Emunxit ſenes argento.

Explebo te cruſtulis tenellis. Hoc cruſtulũ, *Vne ou-*
blie. Cruſtula ſaccarata, *Des cornetz.* Ita Budæ⁹ vtitur.

Expleo te fabulis. *Ie te ſaoule de gaudiſſeries* . Cicero
Curioni, Non enim vereor, ne non ſcribendo te ex-
pleam. *Ie n'ay point de paour que ie ne te reſcripue, tant que*
tu ſois content.

Cicero pro Rabir. Poſth. AEſtatem vnam com-
plureis aureis referſit iſtis ſermonibus.

Idem in Antonium, Cum ſe cibis ingurgitauiſ-
ſet. *Quant il ſe fut remply iuſques au goſier.*

Obruit ſe vino. *Il ſ'eſt chargé de uin.*

Oneras ſtomachũ cibo. *Tu te charges trop de uiandes.*

Quintil. lib. 1, Sed neque præceptor bonus maio-

re fe turba , quàm vt fuftinere eam poffit, oneraue-
rit . *Vng bon maiftre ne fe chargera pas de difciples plus qu'il
n'en pourra gouuerner.*

Leuabo te hoc onere. *Ie te defchargeray de cefte charge.*
Cicero de Seneft. Hoc enim onere, quod mihi tecum
commune eft, aut iam vrgentis, aut aduentantis fe-
neftutis, & te, & meipfum leuari volo. Idem ad Atticum 7, Tamen leuabar cura.

Exonero te nummis. *Ie te defcharge de l'argent que tu
portes.* Terentius in Phormione , Et nos amicos eius
exoneraftis metu.

Spoliauit me bonis omnibus. *Il m'a priué & ofté tous
mes biens.* Cicero pro Quintio, Qui amicum, focium,
affinem, fama ac fortunis fpoliare conatus eft. Idem
ad Atticum, lib. 17, Non enim poterimus vlla effe in
inuidia fpoliati opibus.

Terentius in Phormione, Emunxi fenes argento.
Ie leur ay bien curé la bourfe.

Idem in Phormione , Tibi quia fupereft, dolet, a-
more abundas Antipho. *La uiande te fafche, tu as ton a-
mye trop a ton commandement.*

PROSEQVOR, AFFICIO.

Item profequor & afficio.
Afficit me iniuria, damno, honore.
Profequor te odio, amore, beneuolêtia.

Profequor , accedente ablatiuo , omni affeftioni
feruit.

Profequor te odio. *Ie te hays.*
Profequor te amore, beneuolentia. *Ie t'ayme.*
Quintil. lib. 5, Perfuafio nationum quæ fletibus

natos, lætitia defunctos profequuntur.

Afficio eādem vim habet. Affecit me iniuria. *Il m'a faict tort.* Affecit me damno. *Il m'a porté dommaʒe.* Affecit me honore. *Il m'a porté honneur.* Terentius, Quanta cura, & folicitudine me afficit gnatus! *En quel foucy il me met!*

Pluit lapidibus, lacte, fanguine: fiue lapides, lac, fanguinem.

Pluit habet appofitum ablatiuum. Liuius, Nuntiatum eft in Albano lapidibus pluiffe.

Plautus in Curcul. Haud multo pòft luce lucebit. *Il fera iour incontinent.*

Pluit verò fanguinem, dicere non aufim: fed cum Tibullo, Pluit fanguis. Nam in illo Statij libro 8. Thebaidos, Saxa pluunt: nominandi cafus eft (faxa.) Quare quî hoc Latinum fit, Valla ipfe, vnde hic locus fumptus eft, viderit.

MEREOR BENE, SEV MALE.

Bene mereor & male, peius, melius, optimè, peffimè, interueniente præpofitione, afcifcunt auferendi cafum. Optime de literis meritus es. De me nihil es meritus, neque bene, neque male.

Mereor de te, eft aliquid in te confero. Si beneficij, bene mereri de te dicor. Sinautem offenfionis, male de te mereri. Hoc Valla.

Optime de literis merit9. *Il a faict grãd bien aux lettres.*

De me nihil es meritus, neque bene, neque male.
Tu ne me feis iamais plaifir, ne defplaifir.

Nónunquā aduerbium reticemus: fed in ambiguū
fenfum. Terent. in Hecyra, Nam meritus de me eft,
quod queam, illi vt commodē. *Il m'a tant faiƌ de plai-*
firs, que ie fuis tenu a luy ayder de toute ma puiffance.

PASSIVA.

Paffiuis additur ablatiuus agētis, fed
accedente præpofitione à, vel ab.

Rideris ab omnibus.

Additur aliquando datiuus abfque
præpofitione.

Amaris omnibus, vel ab omnibus.

Accufatiuus patientis vertitur in nominatiuum.

Pater caftigat filium.

Filius caftigatur à patre.

Cæteri cafus fere omnes manent in
paffiuis, qui fuerant actiuorum.

Doceris à me grammaticam.

Accufaris furti.   Haberis ludibrio.

Priuaberis magiftratu.

Rideris ab omnibus. *Tout le monde fe moque de uous.*
Cic. in Lælio, Sed eum perfpicere mihi videor.
Poftremum datiui exemplum eft.

Cum actiuum paffiuo commutamus, fecundum

appofitum paffiua obtinent . Quintilianus lib. 3,
Cum præpofita confultatione rogatus fententiam,
fi modò eft fanus,non quæritet.

Doceo te grammaticam, Tu doceris à me grammaticam. *Ie te monftre la grammaire.*

Accufo te furti , Accufaris à me furti. *Ie t'accufe de
larrecin.*

Plaut.in Menæh. Quî lubet ludibrio habere me?
Pour quoy uous moquez uous ainfi de moy ? Quo in paffi-
uum mutato,datiuus manet:fic, Quî lubet ludibrio
haberi me? Sic dicimus,Priuabo te magiftratu. Priua
beris à me magiftratu. *Ie te feray perdre ton office.*

Quæ per fe paffiua vocantur , con-
ftruuntur quemadmodum & illa:
Væniit à domino.

Vapulabis à præceptore. Quid fiet illo?

Per fe paffiua dixit,quæ(o)finientia,paffiuam affectionem obtinent.

Vænijt à domino. *Il a efte uendu de fon maiftre.*

Quintilianus,Fabritius refpondit fe à ciue fpoliari
malle,quàm ab hofte vænire.Id eft vendi:vbi facien-
di modo patimur.

Vapulabis à præceptore. *Tu feras baftu de ton maiftre.*
Quintil.lib.9,An ab reo fuftibus vapulaffet.

Cic. ad Atticũ,lib.6,Quid illo fiet,quẽ reliquero.
VESCOR, &c.

Vefcor carnibus,Hic victitat lacte.
Vtor homine familiariter.
Inuenitur &,Vtor hanc rem.

Et, Abutor operam.

Fruor tuo conſpectu.

Et, Tuo fretus auxilio.

　　　De Potior dictum eſt.

　Fungitur magiſtratu.

Defunctus eſt vita.

Veſcor carnibus. *Ie mange de la chair.*　Virgilius,
-ſuperátne, & veſcitur aura　AEtherias?

　Hic victitat lacte. *Il uit de laict.*

　Cic. Lentulo, Aulo Trebonio, qui in tua prouin-
cia magna negotia, & ampla, & expedita habet, multos annos vtor valde familiariter. *Ie ſuis fort ſon fami-
lier.* Idem in Lælio ſatis nouè dixit, P. Sulpitio vteba-
re multū. nam vſitatius, Multus mihi cum illo fuit
vſus. Inuenitur cum accuſatiuo, ſed vetuſté. Plaut.
in Aſinaria, Cætera, quæ volumus vti, Græca mer-
camur fide. *Nous achetons argent content le demourant dequoy nous nous uoulons ſeruir.*

　Cic. Quouſque tandem abutêre Catilina patientia
noſtra? *Pourtant que tu n'es chaſtié, encores perſeueres tu en ta
mauuaiſtie?* Et Abuti tribunatu, pro Milone : pro eo
quod eſt, copioſè vti, atque hîc fiduciam cauſæ po-
nere, vt Budæus notauit.

　Obſoletum, quod eſt apud Terentium in prologo
Andriæ, Nam in prologis ſcribundis operā abutitur.
Il employe ſon temps & ſa peine ou il ne fault point.

　Fruor tuo conſpectu. *Ie prens plaiſir a te ueoir.* Terēt.
in Heaut. Me miſerum non licere ingenio frui. *Que ie
ne puis faire a mon plaiſir.*

Et tuo fretus auxilio. *Me côfiant a ton fecours.* Terent. in Eunu. Vobis fretus . *Me confiant a uous aultres.* Cic. Cornificio,Id ego fperarem tua prudentia fretus.Cuius participij vfus orationem illuftrat.

Fungitur magiftratu. *Il exerce fon office ou il eft.*

Sic,Fungor prætura, legatione,munere, officio : & officium,apud veteres. Terentius in Phorm.Functus adolefcentuli eft officium liberalis.

Defunctus eft vita. *Il eft mort.* Virgilius,O tandem magnis pelagi defuncte periclis. *Qui es deliuré & forty de tant de perilz.*

APPENDIX I.

Præpofitio fubaudita facit vt ablatiuus recte addatur.

Habeo te loco parentis.

Eft mihi vice filii:id eft in loco,in vice.

Apparuit illi humana facie.

Deceffit magiftratu.

Habeo te loco patris . *Ie uous tiens pour mon pere.* Sic, Habeo te loco filij,Habeo te loco fratris.Non autem, Accipio te in fratrem.qua de re extat caput apud Vallam libro tertio.

Eft mihi vice filij. *Ie le tiens pour mon filz.*

Apparuit illi humana facie.*Il f'eft monftré a luy en face d'homme.*

Deceffit magiftratu.*Il eft forty de fon office.Il a laiffé fon office.* Eft autem decedere, ei, qui fucceffor miffus eft, cedere.Budæus.

Eiufdem farinæ funt & illa . Cicero ad Octauium,

Cedam foro. *Ie te quicteray le Palais ou la cour.* Ibidem, Ce
dam vrbe. *Ie te quicteray la ville.* Ibidem, Cedam vita. *Ie
mourray uoluntiers.*

Idem de Oratore, Cedere caufa liceret. Id eſt à cau
ſa. *Perdre le proces.*

Tranquillus in Claud. Ac diu publico abſtinuit.
vbi (à) deſyderatur. *Il ne ſ'eſt point monſtré.*

Liuius libro decimo ab vrbe cõdita, Vt legibus ſol
ueretur. *Qu'il fut diſpenſé.*

Terent. in Phorm. Bonis prognatam. Id eſt, ex bonis prognatam. *Laquelle eſt uenue de gens de bien.*

Cicero de finibus, Idcɋ Socratem, qui voluptatem
nullo loco numerat, audio dicentem . *Lequel n'en tient
compte.* ("I N) ſubauditur.

INFINITA.

APPENDIX II.

Quibuſdam familiariter adduntur
verba infinita:

Solet, Debet, Cœpit, Optat, Gaudet
laudari.

Amat videri diues.   Studet metui.

Verba infinita animi verbis addi ſolent . Cicero in
Lælio, Fieríɋ ſtudebam eius prudentia doctior. *Ie met
toye peine d'eſtre plus ſcauant par ſa prudence.*

Amat videri diues. *Il ayme bien d'eſtre ueu riche, ou qu'on
l'eſtime riche.*

Gaudet laudari. *Il eſt ioyeulx d'eſtre loué.*

Terent. in Eunu. Cœpit ſtudioſè omnia docere.

Cum verbis autem motus ad locum, vt Vado, non

eſt tolerabilis infinitiuí vſus , niſi imitatióne Græca.
Terent.in Phorm.Eamus viſere.

Inueniũtur & hæc cum quibuſdam adiectiuis: vt,
Cantare paratus:&,Cantare periti,Virgilio.

Item nominatiui partes agit infinitum verbum:vt,
Mentiri non eſt meum.de quo ſuprà diſputauimus:
túncque gerundio in(di) locus non eſt. Nam Opus
eſt reſpondendi,inauditum eſt: Opus eſt reſpondere,
Latiné dicitur.Cicero tamen primo Tuſcul. Hæc e-
nim vetus, ait, & Socratica ratio cõtra alterius opi-
nionem diſſerendi.pro diſſerere,vt Budæo placet: qui
locus notandus eſt.

Nam figuraté ponuntur , vt à nullo
pendeant.
Hæccine fieri flagitia?
Et,Venari,pro venabatur.

In exclamatione ponũtur infinita verba per ſe, neque verbis infinitis adiuncta.

Terentius in Adelphis,   -Interuenit
Homo de improuiſo:cœpit clamare,AEſchine
Hæccine flagitia facere te?hæc te admittere
Indigna genere noſtro? *Eſt ce bien fait de faire une telle*
*meſchanſete?*Vbi Valla libro ſecundo ſubintelligi vult,
Veréne ita eſt?vel,Oportuítne,ſiue oportet?

Antecedit infinitũ interim nominatiuus pro præterito imperfecto.Cicero in Verrem, Curſare iſte homo potens cum filio blando & gratioſo circum tribus. Id eſt curſabat. vt,Venari,pro venabatur.Nam
oratoribus etiam ſi rarus , eius rei nonnullus tamen
vſus eſt.

DIVERSI CASVS EIDEM ADDITI VERBO.

APPENDIX III.

Nihil vetat quominus eidē verbo diuersi casus apponantur diuersæ rationis. Dedit mihi vestē hanc pignori, te præsente, propria manu.

Nam VESTEM additur tanquam transitiuo, MIHI tanquam acquisitiuo.

Pignori, ex eorum est forma, quæ resoluuntur per ad, vel in, præpositionem: id est in pignus.

Te præsente, ablatiuus est absolutus. Manu, instrumentalis.

Dedit mihi vestem hanc pignori, te præsente, propria manu. *Il m'a baillé ceste robbe de sa propre main, toy present, ou en ta presence.*

GERVNDIA.

Gerundia omnia eosdem fermè casus admittunt post se, quos habent verba à quibus deducuntur.

Ad discendum literas.

Ad seruiendum tibi.

Ad fruendum amico.

Ad diſcendum literas. *Pour apprendre ſcience.*

Ad ſeruiendum tibi. *Pour te ſeruir.*

Ad fruendum amico. *Pour me deleĉter auec mon amy.*
Nullus tamen caſus præcedit, nec ſequitur, niſi in a-
ĉtiua ſignificatione. Quintil. Sed memoria excolen-
do, ſicut omnia alia augetur. Id eſt dum excolitur.
Tant plus qu'on eſtudie, d'autant plus on ha meilleure memoire.

IN DI.

Gerundia in di, ante ſe habēt hæc no
mina, gratia, cauſa, prætextu, occaſione,
titulo, otium, facultas, licētia, ars, aut ſimile nomen ſubſtantiuum.

Veni huc cauſa viſendi te.

Non erat copia cōueniendi hominem.

Ars dicendi.

Veni huc cauſa viſendi te. *Ie ſuis uenu icy pour te ueoir.*

Cicero de diuinatione, libro 2, Sed in rebus tam ſe-
ueris non eſt iocandi locus. *En telles affaires il ne ſe fault
pas iouer.*

Non erat copia conueniendi hominem. *Il n'eſtoit pas
permis de parler a luy.*

Terentius in Eunucho,   -quid tum poſtea?
Nihil eſt. quid nihil? ſi non tangendi copia eſt,
Eho, ne videndi quidem erit?

Quintilianus libro ſecundo, Ars erit qua diſciplina
percipi debet: ea eſt bene dicendi ſcientia. Idem, Ars
dicendi, rhetorice eſt.

Hic puer admonendus mihi est illius phraseos.

Cicero de diuinatione, Dolebas tantū Stoicos no-
stros Epicureis irridēdi sui facultatem dedisse. pro eo
quod est, irridendi se. Plautus, Nominandi istorū tibi
magis erit, quàm edundi copia hic apud me. In quibus est genitiuus pro casu verbi.

Nonnunquam præcedit adiectiuum.

Cupidus visendi te.

Gnarus bellandi. 　　　Certus eundi.

Imperitus nauigandi.

Peritus medicandi.

Cupidus visendi te. *Qui ha desir de t'aller veoir.*

Terentius in Hecyra, Haccine causa ego eram tan-
topere cupidus redeundi domum?

Gnarus bellandi. *Scauant en faict de guerre.*

Certus eundi. *Il est asseuré d'aller.*

Imperitus nauigandi. *Qui n'a nul scauoir, ou qui ne scait
rien de nauiger.*

Peritus medicandi. *Qui ha l'experience de medeciner.*

IN DVM.

Gerundiis in dum, præponitur præpo
sitio Ad, vel Inter.

Ad colloquendum tecum.

Inter cœnandum, hoc mihi venit in
mentem.

Reperitur &, Ante domandum.

Accusatiuus gerūdij iungitur frequēter cum (ad):

raro tamen cum(in).Item frequenter cum(ob,-pro-
pter,& inter):raro cum(ante).

Cicero,Hic autem locus ad agēdum ampliſſimus,
ad dicendum ornatiſſimus eſt viſus.

Ad colloquendum tecum.*Pour parler auec toy.*

Inter cœnandum hoc mihi venit in mentem.*En ſou
pant cela m'eſt uenu en fantaſie,ou i'ay penſé a cela.*

Cicero quarto Verr.A quo pecuniam ob abſoluen
dum acceperis.

Virgilius, -nanque ante domandum
Ingentes tollent animos. *Parauant qu'ilz ſoyent uaincuz
& ſurmontez.*

Cum ſignificamus neceſſitatem , ſine
præpoſitione vſurpātur, addito ſubſtan
tiuo verbo.

Vigilandum eſt ei,qui cupiat vincere.

Neceſſitatis formula eſt, Vigilandum eſt ei,qui cupiat vincere. *Qui uouldra uaincre,il luy fault auoir du ſoing,
& mettre peine.*

IN DO.

Gerundia in do, pendent à præpoſitione In, vel Ab, ſiue dictione quæ requirit ablatiuum:vt,

In conſultando locus eſt eloquentiæ.

In pugnando viribus eſt opus.

Reuerſus à venando,ſiue à venatu.

Tacendo refellis : id eſt tacens refellis.

Scribendo diſces ſcribere.

Romanus ſedendo vincit.

In conſultando locus eſt eloquentiæ . *En conſultant eloquence ha lieu.*

In pugnãdo viribus eſt opus.*En ſe combatãt,il y fault de la force.*

Cicero pro Milone , Huius interfeƈtor ſi eſſet in confitendo.

Reuerſus à venando,ſiue à venatu: ſimilia ſolœciſmo,ſi Vallæ credimus.Cauendum eſt enim,inquit, ne verbum ſignificet motum : quale eſſet , Reuertor ab arando, vel ab arando aruo . cum ſit dicendum, Reuertor ab aratione.

Cicero tamen de claris Oratoribus , Tum Brutus, Quàm hoc idem in noſtris cõtingere intelligo,quod in Græcis, vt omnes fere Stoici prudentiſſimi in diſſerendo ſint,& id arte faciant,ſíntque architeƈti pene verborum: idem traduƈti à diſputãdo ad dicendum, inopes reperiantur.

Cicero, In quo iſti nos Iuriſconſulti impediunt, à diſcendóque deterrent.*Ilz nous deſtournent d'apprendre.*

Tacendo refellis.*En te taiſant tu contredis.*

Scribendo diſces ſcribere. Hoc eſt, quod dici ſolet, Fabricando fabri fiunt.

Marcus Varro lib.1.de re ruſt. cap.2, Vultis igitur interea vetus prouerbium,quod eſt,Romanus ſeden do vincit,vſurpemus,dum iſte venit ? *Tout uient a propos qui peult attendre.*Ex hiſtoria Fabij Cunƈtatoris, qui vnus nobis cunƈtando reſtituit rem.

Plautus in Aulul.Heu ſenex,pro vapulando herclę ego abs te mercedem petam . *Pour eſtre batu ie uous de-*

manderay gaze.

Non omittenda phrasis illa, Soluendo sum tibi. *Ie suis bien suffisant a uous payer.* Quæ secum (quod Vallæ pace dixerim) substantiuū patitur. Liuius, Si respub. soluendo æri alieno non esset. *Si la chose publique ne pouoit payer ses debtes.* Quæ oratio declarat datiui esse casus . Laurentius, ita me Dij ament , vt dicebat Budæus , religione nimia stylum eloquentiæ alligauit, seuerus sermonis exactor: quem tamen puer exosculabitur, circunferet, in sinu gestabit.

GERVNDIA NOMINA.

Vertuntur gerundia in nomina adiectiua: vt,

Causa visendi te: &, Causa visendi tui.

Ad discendum literas: &, Ad discendas literas.

Legendo libros doctus euades: &, Legendis libris doctus euades.

Gerundium, vt vocant, gerundiuo commutatur. Causa visendi te: &, Causa visendi tui . *Affin de t'aller ueoir.*

Cicero Officiorum 2, Cum igitur opus esset ad eā rem constituēdam pecunia. Dicere potuisset, ad eam rem constituendum: sed formula prior, decoris gratia assumitur.

Legendo libros doctus euades. *En lisant les liures tu deuiendras scauant.* Quam orationem sic variabis, Legendis libris doctus euades. vt Cicero fecit. Officiorum 1, Orationem autem Latinam efficies profecto legendis noſtris pleniorem.

SVPINA IN TVM.

Prima ſupina ſequunturverba ſignificantia motum ad locum:vt,

Abiit piſcatum:id eſt,ad piſcandum.

Admittūt poſt ſe eoſdem caſus,quos
verba ipſorum.

Abijt piſcatū. *Il eſt allé peſcher.* Id eſt ad piſcandum.
Alterum enim alteri non diſſimile eſt: niſi quòd gerundium promiſcuè verbis omnibus additur, præpoſitione intercedente. Terent. in Andria, Nec hæc
quidē ſatis vehemēs cauſa ad obiurgandū. Quintil.
lib.8, Sed ad vtendum nihil refert. Terent.Cur te is
perditum?*Pourquoy uous mettez uous en danger de mourir?*
Id eſt Cur is ad perdendum te?ſiue Cur is te perdi-
tura?quæ ipſa eſt ſupini prioris varietas.

In illis,Do vænum,Do nuptum,latēs ſubeſt mo-
tus:quæ ipſa infinitū non repudiant. Terent.in Andria,Pòſt deinde,quod iuſſi,ei date bibere. vt intelli-
gas quædam ancipitem vſum habere.

ABSOLVTE POSITA.

Ponūtur & abſolutè cum verbo eſt.

Pugnatum eſt.   Actum eſt.

Dormitum eſt.   Ceſſatum eſt ſatis.

Imperſonale præteriti circuitionem mutuatur à
ſupino priore,& verbo(eſt.)

Pugnatum eſt.*On ſ'eſt combatu.*

Terentius, Actum eſt,ſi quidem hæc vera prædi-
cat.*Ie ſuis perdu.*

Dormitum eft. *On a dormy.*

Terētius in Adelphis, Ceffatum vſque adhúc eft: nunc iam porro expergiſcere AEſchine. *Tu as chomé, ou muſé iuſques a preſent, maintenant eueille ton eſperit.* Siquid haƈtenus ceſſatum eft, pòſt diligentia ſarcietur. *Si nous auons perdu noſtre temps iuſques icy, nous mettrons peine de le recouurer.*

Aſinius Pollio Ciceroni, Poſteaquam itum eft ad arma.

Cic. p Quintio, Ventū eft ad me. *On eſt uenu a moy.* Quintil. lib. 12, Ventum eft ad partem operis deſtinati longe difficillimam. Quæ periphraſes ex participio (licet id velit Nebriſſenſis) non fiunt.

His vix vnquam caſus apponitur. Cicero ad Lentulum, Bibulo de tribus legatis aſſenſum eft. hic abſolutè non ponitur.

SVPINA IN TV.

Supina in tu paſſiuæ ſignificationis ferme ſunt.

Adhærent nominibus adieƈtiuis: vt, Turpe diƈtu.   Mirabile viſu.

Difficile creditu.

Procliue faƈtu: id eft, ad faciendum.

Supinum poſterius nominibus adieƈtiuis, aut ſubſtantiuis eorum vice fungentibus, apponi gaudet, vtrinque abſolute. Cic. de Seneƈt. Quia profeƈto videtis nefas eſſe diƈtu, miſerabilem fuiſſe talem ſeneƈtutem. *Que ce ſeroit treſmal parlé.* ſcilicet vt dicatur.

Turpe diƈtu: puta vt dicaƚ. *Difforme & uilain a dire.*

Mirabile viſu.*choſe merueilleuſe a ueoir.* Id eſt vt videat.

Difficile creditu:vt credatur.*Difficile a croyre.*

Terent. in Hecyra, Sed non facile eſt expurgatu. *Il n'eſt pas facile a ſ'excuſer.*

Frocliue factu . *Facile a faire:* ſcilicet vt fiat . Nam ſupina in u,paſſiuè ſemper efferuntur.Quo fit vt ab actiuis verbis , atque paſſiua ſignificatione carenti-bus,nunquam exoriantur.Supinum autem prius nõ actiuè ſolum , ſed paſſiuè etiam legitur, vt in futuri paſſiui verbi circuitione.Terent. Qui poſtquam au-dierat filio ſuo non datum iri vxorem. pro eo quod eſt,Quòd vxor non daretur filio ſuo.Cicero in Ver-rem,actione 7,Qui ſciebat tibi crimini datum iri.

Nam in his, Surgit cubitu, Redit ve-natu : nomina potius cenſenda ſunt, quàm ſupina.

Supinũ in u, verbis è loco non datur . Quare di-ces,Venio à lectione:non,Venio lectu.

Illa autem nomina potius cenſenda ſunt.

Cato de re ruſt. Primus cubitu ſurgat, poſtremus cubitum eat.De villico.

Plautus in Menæh.Obſonatu redeo.*Ie uiens d'ache-ter quelque uiande.*

Stathius, Quem nunc venatu rediturum in limi-ne primo.Quod durum eſt,pro à venatione.

Noli lector hîc noſtram operam deſyderare, quòd cum in quæſtionem veniat,cui parti orationis gerũ-dia ſupináve aſſignentur: meam ſententiam non in-terpoſuerim : qua in re vtere tuo iudicio, modò me-mineris apprimè tum hîc,tum alibi vtile eſſe,Nequid

nimis. De me autem affirmare poſſum, me dialogo
ludentem meis, Bernardo Audiberto, Petro ꝺyluio,
G. Cabrollo, aliiſque, in quibus, nõ vt in herbis falla-
cibus, literarũ fruct⁹ apparet, omni officio ſatiſſeciſſe.

De Participiis.

P Articipia ſequuntur conſtructionem verborum à quibus
deriuantur.

Donaturus tibi veſtem.

Donaturus te veſte.

Conſulens tibi.   Fruiturus te.

Diligendus ab omnibus.

Quãquam in his vſitatior eſt datiuus:

Diligendus omnibus.

A poſteriori ſcilicet.

Donaturus te veſte : &, Donaturus tibi veſtem.
Qu'il te donnera une robe, in vſum recepta ſunt: vt,
Dono te veſte: &, Dono tibi veſtem.

Sic, Conſulens tibi. *Qui te conſeille:* vt, Conſulo tibi.
Fruiturus te. *Qui ſera ioyeux de toy:* vt, Fruor te.

Et, Diligendus ab omnibus: vt, Diligor ab omnibus. *Qui ſera aymé de tous.* Vbi datiuus eſt vſitatior: vt,
Diligendus omnibus: pro, ab omnibus.

Cicero 4. in Verrem, Siue cuiquã ordini, ſiue ara-

torum, fiue pecuariorum, fiue mercatorũ probatus
fit. Ordini, pro ab ordine. *S'il eſt paſſé maiſtre iure.*

Terentius in Andria, Reſtat Chremes, qui mihi
exorandus eſt. *Il reſte que ie face tant que Chremes ſi accorde & conſente.* puta vt exoretur. Nam ſi ad hunc modum ſoluatur, Qui debet exorari: *Lequel fault que ie face accorder:* nominis vim ſeruat, non participij. Si autem qui exoratur, quanquam hæc hîc dura eſt inter-
pretatio, temporis præſentis participium eſſe con-
tenderim . Quale illud Ciceronis de Senectute, Nec
ſepulchra legens vereor, quod aiunt, ne perdam memoriam: his enim legendis redeo in memoriam mor
tuorum. Id eſt dum leguntur:& eò inuitis grammaticorum centurijs , præſens paſſiuum , participium
eſt more Græcorum.

PARTICIPIA FACTA NOMINA.

Cum tranſeunt in naturam nomi-
num, genitiuum poſtulant: vt,
Amans vini.　　Fugitans litium.
Cupiens tui. Sitiens auri. Peritus belli.

Amans vini. *Qui ayme bien le uin.* Seneca, Amantes
tui ama. *Aymez ceulx qui uous ayment.*

Terentius in Phorm. Herus liberalis eſt, & fugitans litium. *Qui fuit debat & proces.*

Idem in Hecyra, Nam nemo ad te venit, niſi cupi-
ens tui. *Sinon qu'il ſoit bien uoſtre amy, & qu'il ayt affection
de uous ueoir.*

Sitiens auri. *Qui ayme fort l'or.*

Gellius lib. 12. cap. 3, Pecuniæ ſitientem. *Ayant ſon*

eneur à l'argent.

Patiens laboris. *Qui est de grand peine.* Quintilianus lib.2. Salluſtius, Catilina patiens inediæ, algoris. *Qui enduroit bien la fain & le froid.*

Peritus belli . *Scauant en faict de guerre.* Quintil. lib. 12, Quid ſi fortè peritus ille iuris non aderit ? *Qui eſt ſcauant en droict?*

Et ſine caſu: vt,
Vir potens, eloquens.

Terentius in Adelph. Quàm eſtis maxime poten tes. *Puiſſans.*

Eloquens, *Qui ha la grace de parler a ſon cōmandement.* Quintil. lib. 8.

Cicero lib. 3. Offic. Qui vinum fugiens vendat ſciens. *Vin qui n'eſt point de garde.*

Tunc & cōparationem accipiūt mo re nominū in us, vel in tus deſinentia.
Cupientior famæ, quàm auri.
Cupientiſſimus tui.
Nulli deſyderatior, quàm mihi.
Deſyderatiſſimus patriæ.

Cupientior famæ, quàm auri. *Qui ayme mieulx renō mee, que ceincture doree.*

Cupientiſſimus tui . *Qui deſire fort uous ueoir, ou Qui uous ayme fort.*

Nulli deſyderatior , quàm mihi . *Ie le deſire plus que tous.*

Deſyderatiſſimus patriæ. *Il eſt fort regretté au pays.*

PARTICIPIA FACTA
nomina compositione.

Quæ compositione fiunt nomina,
genitiuum afciscunt.

Indoctus pilæ.　　　　Inexpertus belli.

Quanquam & horum fimplicia fi-
mili modo vfurpantur.

Horatius in Arte, Indoctúfve pilæ, difcíve, trochí-
ve quiefcit. *Qui n'eft point apprins au ieu de paulme, ou au*
pallet, ou a la toupie, ou au fabot. Iuniani mei, baudufam:
Brageracenfes, perrenquetam vocant.

Inexpertus belli, *Qui n'eft point exercité en bataille.* Cô-
trà Virgilius, Expertos, ait, belli iuuenes.

DE NOMINIBVS VER-
BALIBVS.

Omnia ferè verbalia genitiuum admittunt, qui verbis erat accufatiuus: vt,
Colo agrum.

Cultor, Cultrix agri, Cultura agri.
Bibo vinum.　　　Bibax vini.
Cupio laudem.　　Cupidus laudis.

Cultor agri, *Vng laboureur de terre.* Cicero pro Cn.
Planco, Qui fancti, qui religionum colentes. *Qui ay-*
ment bien dieu, & gardent fes commandemens.

Bibax vini, *Vng bon biberon:* vt, Bibo vinum.

Cupidus laudis, *Qui demande honneur.* Ouidius,
Cupidus ftudiorum quifque fuorum.

Plinius, Natura hominum eſt nouitatis auida . *Le*
complexion des hommes deſire choſes nouuelles.

Auidus cibi, *Aſpre a la uiande:* Terent. in Eunucho.
Nam (auere) pro (cupere) eſt & oratoribus vſurpatũ.
Cicero Offic.1, Auemus aliquid audire ac diſcere.

Item quæ ſunt affinia his:vt,

Auarus laudis.	Ignarus omnium.
Studioſus tui.	Securus amorum.

Auarus laudis, *couuoiteux d'honneur.* Horat. in Arte,
Præter laudem nullius auaris.

Quintilianus lib. 12, Neque ego ſum noſtri moris
ignarus. *Ie ſcay bien noz couſtumes.*

Ignarus omnium, *Il ne ſcait rien.* Deliciarum ignarus, *Qui ne ſcait que c'eſt de bon temps:* Vegetio.

Cicero Cæcinnæ, Viri ſunt optimi, & tui ſtudioſi,
& mei neceſſarij. *Qui t'ayment fort.*

Virgilius, -ſecurus amorum
Germanæ. *N'ayant ſoucy des eſbatz & plaiſirs de ſa ſeur.*

IN BILIS.

Verbalia in bilis accepta paſſiuè, datiuo gaudent, vt participia in dus.

Flebilis, Formidabilis omnibus: id eſt
flendus, formidandus omnibus.

Horatius lib. Carm. Multis ille quidem flebilis occidit. *Digne d'eſtre plouré & regretté de pluſieurs.*

Nulli flebilior quàm mihi. *Il n'y a homme qui le doibue*
tant regretter que moy.

Omnibus formidabilis Gallica ſcabies. *Le mal de Na-*
ples eſt a craindre, & doibt eſtre en crainte a tous.

Liuius, Et in afperis locis filex fæpe impenetrabilis ferro occurrebat. *Auquel le fer ne pouoit entrer.*

GENITIVVS ADDITVS NOMINI.

N Omina fubftãtiua quæ figni-
ficant rem poffeffam, menfu-
ram, fiue numerũ, aut relatio-
nem ad aliquid, genitiuum exigunt:vt,
Arma Achillis.   Cyathus vini.
Modius tritici.   Vlna panni.
Vncia auri.   Duo millia peditum.
Iugum aquilarũ. Mille nummûm.
Par calceamentorum.
Tres decades quæftionum.
Comes Vlyffis.   Vxor Petri.
Amicus patris.   Princeps patriæ.

Rem poffeffam.

Arma Achillis, *Les armes D'achilles.*
Veftis Petri, *La robbe de Pierre.*
Brachialia Iohannæ, *Les mancherons de Ianne.*

Menfuram.

Cyathus vini, *Vng uoirre de uin.*
Hemina vini, *chopine de uin.*
Sextarius vini, non pinta vini. Affer eiufdem vini fex-
tarios duos. *Apportez une quarte de ce mefme uin.*
Modius tritici, *Vng boyffeau de froument.*
Lagena aquæ, *Vne cruche d'eaue.*
Vlna panni, *Vne aulne de drap.*

Numerum.

Vncia auri, *Vne unce d'or.* quę sedecim francis, & octo solidis valet. author Budæus.

Mina argenti, *Dix escuz*: Terentio.

Duo millia peditum, *Deux mille pietons.*

Iugum aquilarum, *Vng ioing d'aigles.*

Mille nummûm, *Vingt & cinq escuz.*

Par calceamentorum, *Vne paire de souliers.*

Par chirothecarum, *Vne paire de gantz.*

Tres decades quæstionũ, *Trois disaines de questions.*

Comes Vlyssis, *Le compaignon de Vlysses.*

Vxor Petri, *La femme de Pierre.*

Amicus patris mei, *L'amy de mon pere.*

Vertitur hic genitiuus aliquoties in datiuum, accedente verbo Est: vt,

Hic est tibi pater.   Huic socer.

Illi consul.

Hic est mihi pater. *Cestuy est mon pere.*

Terentius in Eunucho, Samia mihi mater fuit.

Cic. ad Octauium, Sit erranti medicina confessio.

Huic socer est. *C'est son beau pere.*

Dic etiam cum Terentio, Huius vxoris est mater. *C'est la mere de sa femme.*

ATTRIBVTIVA.

Cum significatur aliquid inesse, siue adesse cuipiam, quod ad laudē seu vituperium pertinet, trifariam efferimus: Puer bonæ indolis. Puer bona indole.

Puer bonus indole: Et indolē, poeticé.
  Vir maximi nafi.

Vir maximo nafo.

Vir maximus nafo:Et nafum poeticé.

Quadrifariam aliquid tribuimus:
Vir admirandæ doctrinæ.
Vir admiranda doctrina. *vng homme fort ſcauant.*
Vir admirandus doctrina.
Vir admirandus doctrinam.

Sic, Puer bonæ indolis, &c. *vng enfant qui ſemble eſtre de bonne nature.*

Sed refert inquantum dictæ formulæ oratorem ſe-quantur. Nam vt, Vir admiranda doctrina:&, Vir admirandæ doctrinæ, orator dicit:ita, Vir admiradus doctrina:&, Vir admirandus doctrinam, planè licentius quàm vt ille recipiat.

Sueton. Cibi minimi erat. *Il n'eſtoit pas grād mangeur.*

Vir multi ioci. *vng homme qui deuiſe bien.* Ex Cicerone.

Idem ad Octauium, Marcus Antonius, vir animi maximi, vtinam etiam ſapientis conſilij fuiſſet. *Homme de grand couraige.*

Idem de Senectute, Quàm fuit imbecillis P. Africani filius is, qui te adoptauit, quàm tenui, aut nulla potius valetudine. *Mal ſain.*

Sic, Vir nullis literis. *Qui ne ſcait rien.*

Docti omnes re ſunt tenui . *Gens ſcauans ne ſont pas fort riches.*

Vir obſcuro genere. *Qui n'eſt pas de grandz gens.* Hoc poſtremum genus frequentiſſimum eſt, vt illud rariſſimum.

Virgilius, Oculos suffusa nitentes.

Tacitus de sœminis, Nudæ brachia & lacertos. nā & hoc historiæ seruit.

Sallust. Antonius pedib⁹ æger, in prælio adesse nequibat. Cicero & Quintilianus dixissēt pedib⁹ ægris.

SPECIES ET GENVS.

Species subiicitur generi in genitiuo, siue in eodem casu per appositionem.

Nomen Catonis in te non quadrat.

Crimen læsæ maiestatis.

Cum essemus in terra Italiæ, siue Italia.

In vrbe Romæ, siue Roma.

Nomen Catonis in te non quadrat. *Le nom de Caton ne te conuient pas.*

Plautus in Amphit. Nomen Mercurij est mihi.

Tranquillus in Claudio, Crimen maiestatis apud iudices motum. *Vng crime de lese maieste.*

Cum essemus in terra Italiæ, siue Italia. *Quant nous estions en Italie.*

In vrbe Romæ, siue Roma.

Cic. lib. 5. ad Atticum, In oppido Antiochiæ.

Virgilius AEneidos primo, Hic tamen ille vrbem Pataui, sedésque locauit Teucrorum.

Cicero pro Planco, Arborem fici nunquam vidisset. Sed casus similitudo vsitatior est.

SVBSTANTIVE POSITA.

Quædam adiectiua substantiuè posita, genitiuum admittunt: vt,

Multùm lucri.　　Paulum pecuniæ.

Quid habes negotii?

Quantum habebis pecuniæ, tantũdem
　　habebis fidei.

Plurimum vini.　　Minimum aquæ.

　　Item pronomina quædam.

Hoc negotii.　　　Id operis.

Quid illud mali?

Multùm lucri, *Beaucoup de proufit.*

Terentius in Heaut. Næ ille haud ſcit hoc paulùm
lucri, quantũ ei　Damni apportet. *Il ne ſcait pas qu'ung
denier luy en couſtera cent.*

Paulum pecuniæ, *Vng petit d'argent.*

Quid habes negotij? *Qu'en as tu a faire?*

Plautus, Neque habet plus ſapientiæ, quàm lapis.
Il n'eſt point ſage pour concluſion.

Terentius in Andria, Interea aliquid acciderit noui. *Ce pendant le diable ſe ſera rompu le col. Ce pendant dieu
nous aydera.*

Iuuenalis, Quantũ quiſque ſua nummorum ſeruat
in arca,　Tantum habet & fidei. *Tant plus qu'on ha d'argent, de tant plus on ha de credit.*

Terentius in Phorm. Quid mihi lucri eſt te fallere?
Que gaigneroye de te tromper?

Plurimum vini, *Beaucoup de uin.*

Minimum aquæ, *Bien peu d'eaue.*

Terentius in Andria, Nihil preci loci eſt relictum.
Quelque priere qu'on luy face, on ne gaignera rien.

Ibidem , Nihil pol falſi dixi . Ie *n'ay rien dict qu'il ne*
ſoit uray.

Cicero , Tibi autem idem conſilij do . *Ie uous donne*
ſemblable conſeil . Sed hanc conſtructionem ſuo loco
tractabimus.

APPOSITIO.

In ſumma, quoties ſubſtantiuũ qua-
cũque ratione refertur ad alterum ſubſtantiuum, additur in genitiuo, niſi addatur appoſitiué . Nam tum ſatis eſt ſi
concordet in caſu , etiam ſi numero &
genere diſſideat.

Abſtuliſti Maronem, meas delicias.

Virgilius in Alexide , Formoſum paſtor Corydon
ardebat Alexin,   Delicias domini.

Sic, Abſtuliſti Maronem, meas delicias. *Tu as emporté*
Virgile mon paſſe temps & eſbat.

DE ADIECTIVIS ET
SVBSTANTIVIS.

Adiectiua nomina, Participia, Prono
mina concordant cum ſuis ſubſtantiuis in numero, genere, & caſu: vt,

Ex malis moribus bonæ leges natæ
ſunt.

Iſtã fortunã tui mores promeruerunt.

· Ex malis moribus bonæ leges natæ funt. *De meſchan te uie les bonnes loix ſont uĕnues.* Nam legibus ferundis nihil opus eſſet, niſi perperam viueretur. Ex Macrobio libro tertio Saturnalium.

Iſtam fortunam tui mores promeruerunt. *Tes uertus ont bien deſeruy & merité ceſte fortune, & ce bien.* Cicero pro Murena, Homines tenues vnum habent in noſtrum ordinem, aut promerendi, aut proferendi beneficij locum.

ADIVNCTIO.

Cum plura ſubſtantiua diuerſi etiam numeri ac generis ad vnũ adiectiuũ referuntur, his fermè modis efferri ſolĕt:

Gloria non eſt expetenda, neque diuitiæ: vt in medio ponas, ad quod referuntur partes.

Non eſt expetenda gloria, neque diuitiæ: vt præponatur.

Gloria & diuitiæ non ſunt expetĕdæ: vt poſtpoſitũ cõueniat cum proximo.

Aliquando ad vnum adiectiuum plura ſubſtantiua reſpondent. Fit autem trifariam: aut cum præponitur, aut cum ſequitur, aut cum interponitur: vt,

Gloria non eſt expetenda, neque diuitiæ.

Non eſt expetenda gloria, neque diuitiæ.

Gloria & diuitiæ non ſunt expetendæ. *Il ne fault pas couuoiter gloire ne richeſſes.* In quibus adiectiuum proximioris fubſtãtiui caſum,genus, numerũ ſequi ſolet.

Gloria,diuitiæ, genus, non ſunt ex-
petenda:vt ſubaudias iſta,idque neutro
genere.

Si adiectiuum vtrique ſubſtantiuorum ſigillatim
non ſeruit,ſed duobus vnius loco reſpondet, ipſum
numeri pluralis , atque generis neutrius erit. Corn.
Tacitus,Vinolentiam,ac libidines grata vſurpans.

Sic,Gloria,diuitiæ,genus,non ſunt expetenda.*Il ne
fault point deſirer gloire,richeſſe,ne lignage.*

Ad hunc modum relatiuum ſe habet. Cicero,Ea-
dem mente comprehendimus colorem,ſaporem, o-
dorem,ſomnum,quæ nunquam animus cognoſcet.

RELATIVA.

Relatiuum Qui, conuenit cum antecedente in numero & genere.

Placuerunt literæ, quas ad me dediſti.

Niſi figuratè loquamur:

Quas ad me dediſti literas,magnopere
placuerunt.

Terent.in And.Id ſibi negoti credidit ſolum dari:
Populo vt placerent,quas feciſſet fabulas.
Vbi placet nominatiuum ſubaudiri(vt fabulæ pla-
cerent)quas feciſſet.

Huc pertinent illa, Is,ille,idem,ipſe. Nam cætera
ſequentis ſubſtantiui caſum , genus , numerum ſequuntur,vt Suus ſui:ſiue diuerſitatis,Alius,alter,re-
liquus,cætera cæterum:ſiue accidentis,Qualis,quan-

tus,quot,quotus. Ouidius, -intra
Fortunam debet quiſque manere ſuam . Vbi ante-
cedentis(´quiſque homo)ac relatiui(´ſuam)genus diſ
ſimile eſt.

Cicero de Finibus 5, Sed eſt forma eius diſcipli-
næ , ſicut ferè cæterarū.vbi antecedētes (´diſciplinæ)
& relatiui(´cæterarum)diſſimilis eſt numerus.

Idem pro Cor.Bal. Quæ ſunt igitur meæ partes?
authoritatis tantæ, quātam vos in me eſſe voluiſtis:
vſus mediocris,ingenij minimè voluntati paris.

C O M P A R A T I V A.

Comparatiua & ſuperlatiua genitiuum exigunt:vt,

Sum minor fratrum:de duobus.

Sum minimus fratrum:de pluribus.

Et tum exponuntur per Inter.

Inter fratres:vel,ex fratribus.

Ad vnum ſui generis comparatiuo, ad plures ſu-
perlatiuo vtimur cum genitiuo:vt, Sum minor fratrum. Ie ſuis le moindre de moy & mon frere.

Sum minimus fratrum. Ie ſuis le moindre de tous mes
freres.Hic de pluribus,illic de duobus fit ſermo.Ho-
ratius in Arte, O maior iuuenum.ad duos enim Pi-
ſones,patrem & filium ſcribebat.

Eiuſdem autem generis dicimus, cum ſic ſoluitur
oratio,Dexter pedum velocior : nempe vnus ex pedibus . Digitorum longiſſimus eſt medius . ſcilicet
qui vnus ex digitis eſt .

Quod obſoniorum ſuauiſſimum fuit?Laquelle vian-

de de toutes uous a efte plus aggreable?

Vter leporum eft fuauior ? *Lequel des deux lapreaux*
eft meilleur?

Nam comparatiua, cum exponũtur
per quàm,ablatiuum afcifcunt.

Præftantior te.

Eloquẽtior omnibus,præterquam Ci-
cerone:id eft,quàm Cicero.

Ad vnum pluréfve diuerfí generis comparatiuo
ablatiuum damus.

Cic. ad Octauium, Quæ non pofterior dies acer-
bior priore? & quæ non infequens hora antecedente
calamitofior populo Romano illuxit? *Les affaires des*
Rommains font empirees de iour en iour.

Lupo edacior. *Il deuore la uiande. Il eft goulu.*

Arenis fitientior. *Vng fac a uin.*

Minerua doctior. *Scauant iufques aux dentz.*

Ariftarcho doctior. *Docte correcteur.*

Græcis vanior. *Le roy des menfongiers.*

Cicero reliquis omnibus eloquentior . Quas formulas præftaret pueris proponere,quàm illa,quæ in
fcholis prouerbia , cum nec vllam prouerbij faciem
habeant,vocantur.

Quòd fi cõparatiuum fequitur(quàm) proximus
cafus fimilis præcedenti erit.Cic.1.Off.Nihil autem
eft amabilius,nec copulati9,quàm morũ fimilitudo.

Auidior voluptatum,quàm pecuniȩ. *Il ayme mieulx*
fes plaifirs,que or ny argent.

Paulò venuftior eft Gellius,quàm Macrobius.

Idem reddimus circuitione per aduerbia (magis)

&(minus). Minus appetens laudis, quàm pecuniæ.
Il *ayme mieulx argent qu'honneur.*

Huic finitimum(potius)&(non perinde): vt,
Non perinde auidus pecuniæ,quàm voluptatum.

Neque huius quidem puer faciat diuisionum my
riades,quibus fere præter rem,infirma puerorum in
genia ille onerauit.

Additur & alter ablatiuus,significans
modum excessus.

Est maior te quatuor annis.

Digito lato te procerior.

Multo potior.

Comparatiua alterum ablatiuum non recusant,
in quo sit auxesis.

Est te maior quatuor annis.Il *est plus vieulx que toy de
quatre ans.*

Digito lato te procerior. Il *est plus hault que toy de la
largeur d'ung doigt.*

Infinitis partibus venustior . *Plus beau sans compa-
raison.*

Multo potior.*Beaucoup meilleur.*

Multis partibus præstantior.*Il vault beaucoup plus.*

Nimio doctior.*Trop plus scauant.*

Longe melior.*Beaucoup meilleur.*

His omnibus accrescit comparatiui virtus:illis autem eleuatur.

Paulò doctior.*Vng petit plus docte.*

Nihilo ditior eris. *Tu n'en seras pas plus riche.*

Ne tantillo quidem melior eris,si diues fueris.*Pour
estre riche,tu n'en seras pas plus sage.*

Multo & longe apponuntur & superlatiuis.

Multo omnium potiſſimus.

Longe peſſimus omnium.

Superlatiuus amplificatur ijſdē aduerbijs, quibus comparatiuus, longe, multo. Quintil. lib. 2, Ratio declamandi, vt eſt in omnibus nouiſſime inuenta, ita & multo eſt vtiliſſima. *Beaucoup plus vtile.* Terentius in Eunucho, Is quæſtus nunc eſt multo vberrimus. *Il y a plus de proufit.*

Idem, Longe omnium, quos quidem mihi audire contigit, præſtantiſſimus. *Le plus excellent que i'aye ouy iamais.*

His accedit (facilè.) Cic. pro Rabirio, Vnum totius Græciæ facilè doctiſſimum. Id eſt non dubie. *Le plus ſçauant de toute Grece ſans doubtance.*

Hactenus hæc in Vallæ lectionē velut viā præſtēt.

DISTRIBVTIVA ET PARTITIVA.

Item, Nomina partitiua, aut partitiuè poſita, velut Quiſque, Quiſquis, Quicūque, Quidam, Quis interrogatiuum, & Quis, pro aliquis: Aliquis, Vterque, Neuter, Vteruis, Vtercunque, Nemo, Nullus, Solus, Vnus, Medius.

Quiſque huius nationis.

Vnumquodque animantium.

Prouocat vnumquemlibet veftrûm.
Vtrum horum mauis,accipe.

Partitiua,quorū hîc fylua eft,genitiuum petūt numeri pluralis,aut fingularis nominis colleƈtiui.

Quifque hūius nationis. *Vng chafcun de ce pais.*

Terentius in Andria , An quifquam gentium eft
æquè mifer vt ego?

Vnumquodque animantium. *Vne chafcune creature.*

Prouocat vnumquemlibet veftrum . *Il deffie lequel
que uous uouldrez d'entre uous.*

Vtrum horum mauis,accipe. *Prens lequel qu'il te plai-
ra de ces deux.*

Terent.in Andria, Mitte orare: vna harum quæ-
uis caufa me,vt faciam,monet.

Hîc iufto breuior effem , nifi primo Copiæ Eraf-
mi de his vocibus extaret caput, nō mïnus doƈtum,
quàm elegans.

Exponuntur per Inter,vel Ex.
Vnus omnium:id eft,folus omnium.
Medius duorum:id eft,inter duos.
Et,Dimidium animæ.

Vnus omnium. Id eft,folus inter omnes. Cicero
in Lælio, Quem vnum nöftræ ciuitatis, & ingenio,
& induftria præftantiffimum audeo dicere. *I'ofe bien
dire que c'eftoit l'ung des plus beaulx efpritz & diligent de noftre cite.*

Medius duorum. *Qui eft au millieu de deux.*

Animæ dimidium. *Lequel' ayme comme moymefme.*

Cicero primo Officiorum , Quorum vterque fuo

ſtudio delectatus,contempſit alterum. Pro eo quod
eſt,ex quibus.

Item Alter, Alius,& his æquipollen-
tia pronomina, Hic & Ille , & aduerbium Partim.

Cic. Offic.1, Quorum alter te ſcientia augere poteſt,altera exemplis.hîc(ʿalter)&(ʿaltera)partes toti⁹,
ſcilicet(ʿquorum)ſigillatim ſumis.Vnde partitiua ap
pellantur,quòd pars à toto ſeducatur.

Idem lib .2. de Orat. Sed eorũ partim in pompa,
partim in acie illuſtres eſſe voluerunt.Quæ particula nunquam non geminata legitur: ſed cum genitiuo,pro(ʿaliqui)venuſtè,authore Gellio lib.10.cap.13.

APPENDIX I.

Quanquã in his genitiuis ſignificãs
totum,in alium caſum ſæpe vertitur.
Quis hominum vidit?
Et,Quis homo vidit?
Neuter Catonum:Et,Neuter Cato.
Animãtium,vel animantia,alia ſunt
volatilia, alia reptilia.

Terẽt.in Phorm.Quis homo eſt?*Quel hómc eſt cela?*
Cicero .pro Cornelio Balbo,Quis noſtrum eſt,cui
non illa ciuitas ſit huius ſtudio,cura,diligentia com-
mendatior?

Et,Quis hominum vidit?*Qui la neu?*

Animantium,vel animantia,alia ſunt volatilia,

alia reptilia . *Les unes beftes uollent, les aultres uont le uentre contre terre.*

APPENDIX II.

Ad hanc formam pertinent, Quotus, Quotuſquiſque, ordinē ſignificantia numeralia.

Quotus eras cõuiuarum, ſeu conuiua?

Quintus regum Romanorum : id eſt, inter reges.

Sapientum octauus.

Quanquam in hoc poſtremo non tam ordinem ſignificat, quàm numerũ ſimpliciter: vt in illo,

Dic quotus eſſe velis.

Terentius , Qui eſſe primos ſe omnium rerum volunt.

Cic. in Tuſculanis, Quotus enim quiſque philoſophorum.

Quotus eras conuiuarũ, aut conuiua? *Combien eftieȝ uous au banquet?*

Quintus regum Romanorum. *Le cinquièfme roy des Rommains.*

Horat. in Serm. Sapientum octauus. *Qui fait du fan-*ctificetur. nempe qui ſibi multum tribuat in ſapiētia.

Quotus pro quot. Mart. Dic quotus, & quanti cupias cœnare. *Dictes combien uous eftes, & combien uous uou-leȝ defpendre a fouper.*

DATIVVS POST NOMEN COMMODI AVT IN-COMMODI.

Adiectiua quæ commodum, aut incommodum significāt, aut relationem ad aliquid, datiuum exigunt: vt, Rem ti bi permolestam, mihi iucundam, tibi perniciosam, mihi salutarem.

Plautus in Epidico, Volo te verbis pauculis, si tibi molestum non est. *Ie uous ueulx dire trois motz, s'il ne uous ennuye point.*

Cicero pro Archia, Erat temporibus illis iucundus Q. Metello illi Numidico, & eius Pio filio. Vulgò di ceretur placens.

Hæc res mihi iucunda est. *Cefte chofe me plaift.*

Tibi perniciosa. *Dommageable.*

Mihi salutaris. *Proufitable a moy.*

Cicero pro Milone, Nec nobis tam salutarem hanc in iudicando literam, quàm illam tristem dedisset. *Il ne nous euft pas plus toft relafché, & iugé a noftre proufit.* Vide Budæum in Pādectas, A, salutaris: c, litera tristis: nem pe condemnationis nota.

Idem in Lælio, Vtrique nostrum admodum gratum feceris. *Vous nous ferez grand plaifir.*

RELATIVA.

Aptus, Accommodus, Idoneus, Vtilis: Inutilis bello, siue ad bellum.

Natus gloriæ,& ad gloriam.

Obnoxius illi.

Amicus huic,& huius.

Similis,Diffimilis huic,& huius.

Diuerfus huic,vel ab hoc.

Affinis,Cognatus huic,vel huius.

Nam cum huiufmodi fubftantiuè ca
piuntur,genitiuo magis gaudent.

Cic.pro lege Manilia,Quum ad omnia veftræ memoriæ bella conficienda, diuino quodam confilio na
tus effe videatur.*Qui eft tout faiçt & propice a cela faire.*

Ibidé,Qui fe patriæ,qui ciuibus fuis,qui laudi, qui
gloriæ, non fomno, non conuiuijs,non delectationi
natos arbitrantur.*Qui penfent qu'ilz font nais pour fecourir
a leurs uoyfins,pour auoir honneur & gloire:non pas pour dormir,banqueter,& pour prendre leurs plaifirs.*

Plaut.in Pœnul.Mihi eft obnoxius.*Il eft tenu a moy.*

Terentius,Amicus nobis iam inde à puero.*Il eft no
ftre amy depuis fon enfance.*

Idem in Phormione,Solus eft homo amico amicus.*C'eft ung trefbon amy.*

Idem in Adelph.Similis eft maiorum fuûm.*Il eft tel
comme ces anceftres.*

Cicero libro quinto de finibus,Non video cur non
potuerit patri fimilis effe filius.

Idem, Non alienus à Scæuolæ ftudijs. *Il fait comme
Sceuola.*

Item,Aliena orationi noftræ.*Contraire a noftre aduis.*

Affinis fceleris. *Coulpable du cas.*

Terêtius in Adelphis, Hegio his eſt cognatus pro‑
ximus, affinis nobis.

Quintilianus libro octauo, Vicina virtutibus vitia.
De petit on erre bien.

ACCVSATIVVS POST NO‑
men ſpatii, menſuræ.

Quæ certum magnitudinis modum
ſignificant, accuſatiuum admittunt.
Longus, Latus, Altus, Craſſus.
Turris alta trecentos pedes.
Liber craſſus tres digitos, ſiue trium di‑
gitorum craſſitudine, & ducêtorum
pedum altitudine.

Turris alta trecentos pedes. *Vne tour haulte de trois
cens piedz.*

Liber craſſus tres digitos. *Eſpois de trois doigtz.*

CIRCVITIONIS VIS.

Quædam per circunlocutionem ac‑
cuſatiuum admittunt: vt,
Non ſum id neſcius: id eſt nõ ignoro.
Cuius generis ſunt & illa:
Eius rei mihi venit in mentem: id eſt
recordatus ſum.
Et, Id mihi anus indiciũ fecit: id eſt, in‑

dicauit.

Et, Opus eſt mihi hac re.

Pluribus verbis cum id, quod vno aut paucioribus certe dici poteſt, explicatur, circuitio eſt:cuius interim ea eſt virtus, vt vocis, cui reſpondet, caſum admittat.

Turpilius in Epiclero apud Noniũ, At enim ſcies, quæ fuiſti neſcius. Cum accuſatiuo, pro eo quod eſt, quæ ignoraſti.

Eius rei mihi venit in mentem. Genitiuum habet, quòd reſpondeat illi, Recordatus ſum.

Terentius in Adelphis, Neque ea immeritò Soſtrata credit mihi, me pſaltriam hanc Emiſſe:id anus mihi indicium fecit. *Me la baillé a cognoiſtre & entendre.* Dicã potius cũ Cicerone ad Octauiũ, Illud verò quod & præſentis doloris eſt indicium.

Terentius in And. Quid verbis opus eſt? *Qu'eſt il neceſſite de tant parler?* Habet ablatiuũ, vt Egeo:cui ſignificatione eſt ſimile.

In Phormione, Nunquid eſt, quod opera mea vobis opus ſit? *Auez uous faulte ou beſoing de moy en rien?* Pro indiges.

Et cum infinitiuo, Ibidem, Sed opus eſt mihi, Phormionem ad hanc rem adiutorem dari.

Et adiectiuè, Dux & author nobis opus eſt. *Nous auons faulte d'ung cõducteur & guide.* Ex Cicerone in Epiſt.

Cuius generis ſunt & illa: Terentius in Andria, Ah, quanto ſatius eſt, te id dare operam, Qui iſtũ amorem ex animo dimoueas tuo, &c. Pro eo quod eſt, te id curare.

Idem in Adelphis, Idne eſtis authores mihi? Id eſt ſuadetis?

Plaut.in Truculento,Quid tibi hanc notio eſt,in-
quam,meam amicam?Id eſt hanc cognoſcis.& ei accuſatiuo verbale iungitur.

Sic Terentius in Eunucho , Quid huc reditio eſt?
Pro,Quid huc redijſti?

Sic dicimus,Cordi eſt mihi:id eſt placet.
Et,Suppetias ferre alicui: id eſt auxiliari.

Vt in ſumma dicam , latius ſerpit hæc circuitionis
vis,in qua circunſpecto iudicio opus eſt.

ABLATIVVS POST NOMEN.

Dignus & indignus ablatiuũ aſciſcũt.
Dignus eſt honore.   Dignum eſt illo.
Dicimus tamē, Dignus vt honoretur.
Dignus quem omnes honorent.
Et,Dignus honorari ab omnibus.

Cicero de Senectute,Præclarum reſponſum,& do
cto homine dignum. *Voyla bien reſpondu.*

Terentius in Eunucho,At tu indignus qui faceres
tamen. *Vous ne deuiez pas faire cela.*

Dignus vt honoretur. *Digne d'honneur.*

Datur infinitiuo,ſed in carmine.   Martialis,
Diſpeream,ſi tu Pyladi præſtare matellam
Dignus es . Ie *uculx mourir , ſi tu es digne de deſchauſſer*
Pylades.

Non perinde vſitatum eſt , Militia eſt operis altera
digna tui: apud Ouidium . & Cicero de Aruſpicum
reſponſis,Et vnum eſſe in hac ciuitate dignum huius
imperij dicit.

Item Vacuus,Onuſtus.

Vacuus curis.

Onuſtus diuitiis.

Pauper, Diues, Plenus, Inanis etiam ge̅-
nitiuum admittunt.

Copiæ nomina & inopiæ, genitiuum ſiue ablatiuum admittunt.

Quintilianus libro primo, Atqui pleni ſunt huiuſmodi impedimentis grammaticorum commentarij.

Plautus in Epid. Plenus conſilij es. *Tu es homme de
grand conſeil.* Plenus amoris. *Fort amoureulx.* Virgilius,
Quæ regio in terris noſtri non plena laboris?

Terentius in Eunucho, Plenus rimarum ſum. *Ie ne
ſcay rien celer. Ie dy tout.*

Salluſtius, Ager aridus, & vacuus frugum. *Qui n'a
nulz fruictz.*

Cicero Attico, Sin eris ab iſto periculo vacuus. *Si tu
es forty de ce peril.*

Vacuus curis. *Sans ſoucy.*

Diues agris, *Riche en poſſeſſions,* Ouidius. Diues o-
pum, Virgilius.

Cicero 2. Tuſcul. O verborum inops interdum,
quibus abundare te ſemper putas.

Ouidius, Sa̅guinis atque animæ corpus inane fuit.
Sans ame.

Pronominum

CONSTRVCTIO.

Genitiui primitiuorum.

M Ei, Tui, Sui, Noſtri, Veſtri, genitiui primitiuorum ponun-
tur cum paſſio ſignificatur.

Nam cum actio, adduntur poſſeſſiua,
Meus, Tuus, Suus, Noſter, Veſter.

Languet deſyderio tui : nempe quo
tu deſyderaris.

Fauet deſyderio tuo: quo tu deſyderas.

Item, Pars tua: quæ tibi debetur.

Pars tui: id eſt manus, aut pes, corpus,
animus.

Imago tua: quam tu poſſides.

Imago tui: quæ te repræſentat.

Poſſeſſiuorum vſum popularis ſermo demonſtrat:
Meus, *Mien*: Tuus, *Tien*: Noſter, *Noſtre*: Veſter, *Voſtre*: niſi
quòd repetitioni natum pronomen (ſuus) ſcrupulũ
inijcit: quo te lector ſuo loco expediam.

Plautus in Perſa, Tua merx eſt, tua indicatio eſt.
Veu que la marchandiſe eſt a toy : c'eſt a toymeſme la mettre a
pris. Puta tuum eſt indicare.

Terentius in Phormione, Amicus fummus meus.
Mon grand amy.

Idem in Adelph. Meus gnatus eft domi.

Pars tua. *Ta portion, ta part.*

Cic. Offic. 1, Ipfe ad meam vtilitatem femper cum
Græcis Latina coniunxi. *A mon proufit.*

Salluftius in Ciceronem, Grauiter & iniquo animo
maledicta tua paterer . *A grand peine pourroye fouffrir les
maulx que tu dis .* Maledicta tua , nempe quibus ma-
ledicis.

Cicero Curioni, Sed quia tua voluntas ea videbatur effe. Id eft quia fic volebas.

Idem de Senectute, Mea eft defcriptio. puta defcri-
pfi. *Ie l'ay ainfi ordonné.*

Plautus in Menæh. -quid vides? M E S. fpeculum
tuum. M E N. Quid negotij eft? M E S. tua eft imago:
tam confimilis eft, quàm poteft. *C'eft ta femblance.* vt fit
poffeffiuum pro primitiuo , aut codex mendofè fcri-
ptus. Nam tuà imago eft, quam ipfe poffides . *Qui eft
a toy.* etiã quæ alium à te repræfentat. Tui vero imago, quæ te repræfentat. *Ta femblance, ou image faicte a la
femblance de toy.*

Faueo defyderio tuo. *Ie m'accorde a ce que tu ueulx . Ce
que tu ueulx, & moy auffi.* fcilicet quo tu defyderas. Vides
in his exemplis, fi verbum agentis finitimæ fignificationis extat , poffeffiui fubftantiuum in ipfum folui,
quo modo actio in poffeffiuis fignificatur.

Cicero in Paradoxis, Cato autem perfectus, mea fententia Stoicus. Id eft vt ego fentio. *Selon mon opinion, Selon que ie cognois.* Interim enim poffeffionis fenfus, alterius fenfus eft: vt nihil mirum, actiuè & poffeffiuè in
eundem intellectum ferri.

Sed quæ poſſeſſio ſignificatur dicēti Amor meus, *L'amour que i'ay*:ea volens nolens deijcior,ſi primitiuo (ꝑmei) poſſeſſiuum commutes:vt Mei amor, *Ie ſuis aymé,ie n'ayme point*.Niſi quis cum Ouidiano,Narciſſo vteretur amore ſui.Quintil.lib.6,Amor mei vicit etiam matrem ſuā. *I'eſtoye plus aymé de luy que de ſa mere.*

Idem, Sed vt aliquid præſtaret patriæ vtilitas mei. ſcilicet vt ex me ad ciues meos aliqua manaret vtilitas.*Que ie peuſſe porter aucun proufit a mon pais.*

Tua vxor facit omnibus copiam ſui.*Ta femme ſ'abā donne a tous.*

Virgo aliquid tui perdes,ſi ſtudioſis patientem accommodaueris aurem.*Pucelle uous perdrez uoſtre uirginite,ſi uous preſtez l'oreille aux eſcoliers.*

Salluſt.Et quoniam vita ipſa, qua fruimur, breuis eſt,memoriam noſtri quàm maxime longam efficere rectius eſſe videtur . *Veu que nous n'auons pas long temps a uiure,faiſons qu'il ſoit memoire de nous long temps.*Memoriam noſtri profecto dixit , qua alij de nobis recordantur.

Terentius in Adelphis , Tetigín'aliquid tui? *Ay ie touché a ton corps?*Quæ dicitur pars tui.

Lāguet deſyderio tui.*Il a grand regret qu'il ne te ueoit.* Nempe quo tu deſyderaris.

Cicero Tironi,Paulò facili⁹ putaui poſſe me ferre deſyderium tui,ſed plane nō fero. *Ie penſoye que ton abſence ne me fuſt pas ſi griefue,mais totalemēt ie ne la puis ſouffrir.* Deſyderium tui, dixit abſentiam qua deſyderaris volens nolens.*Maugre tes dentz.* Quæ cauſa eſt,cur in primitiuorum genitiuis paſſio ſignificari dicatur. Subſtātiuis igitur,quorum intellectus ab alio,quàm à pronominis ſenſu habetur, genitiuos mei, tui,ſui, noftri & veftri apponimus.

Cicero ad Atticum, Tui, ait, fermonibus. *Les parol-les qu'on dit de toy.*

Idem Curioni, Expectationem tui concitafti. *Vous auez esmeu ung gros bruyct & esperance de uous.*

His fubtexam luminis gratia, Quæcunque dictio verbalis, aut ei affinis, verbum denique genitiuum exigit, genitiuis mei, tui, fui, &c. (fi receptæ confuetu dini credimus) gaudet.

Cicero Curioni, Nihil poteft illo fieri humanius, nihil noftri amantius. *Nous ne fcarions eftre plus aymez que de luy.*

Idem, Ad nos amantiffimos tui veni. *Venez a nous qui fommes uoz amys.*

Terent. in Phorm. Noftri nofmet pœnitet. de quo antè diximus.

Salluftius, Alieni appetens, fui profufus. *Qui defped fon bien prodigalement.*

Quintilianus lib. I, Iuuenes, fed nimium amantes mei, temerario editionis amore vulgauerāt. *De la grād amour qu'ilz me portoient.*

Quod in vniuerfum præciperem, nifi ex omni verborum numero tria, Eft, Intereft, & Refert, eximi vfus fuaderet: quorum Intereft & Refert, ablatiuos mea, tua, fua, noftra, & veftra recipiunt, diffimulato fubftantiuo (°re) in verbis Intereft & Refert. (°Eft) autem, poffeffiua nominandi cafus, meum, tuum, fuum, noftrum, & veftrum flagitat. Terentius, Noftrum eft intelligere. *Il nous appartient le fcauoir.* Sed de his fatis multa antè dicta funt.

Aliquoties vtrunque cōiungitur: vt,

Noſtra tui memoria: id eſt, quam nos de te habemus.

Eruditus eſt ſermo, ſi in eodem membro primitiuum cum poſſeſſiuo vſurpes, obſeruata ſuperiore differentia.

Cic. Cornificio, Grata eſt mihi vehementer memoria noſtri tua. Ie ſuis ioyeux qu'il te ſouuient de moy.

Idē ad Atticū, Vehemētérque tua ſui memoria delectatus. Il a eſte fort reſiouy de ce qu'il te ſouuient de luy.

Eraſmus primo Copiæ, Idem noſtræ tui memoriæ vitæque finis erit.

Ibidem, Non alius noſtræ tui memoriæ, quàm lucis erit interitus. Ie ne t'oublicray iamais.

POSSESSIVA PRONOMINA.

Poſſeſſiua, adiectiua ſunt, & non recuſant aliquando genitiuum.

Mea ipſius cauſa.

Tua ſolius, aut vnius opera.

Meos flentis oculos.

Vallæ filij, eius ſenſum hîc non ſatis callent, quare ſic habeto: Poſſeſſiua me⁹, tuus, &c. atque genitiuorū primitiui, mei, tui, ſui, noſtri, & veſtri, quintuplices genitiuos actiuæ affectionis duntaxat admittūt.

Primo, genitiuos numeri cardinalis, duorum, triū, quatuor, &c. Liuius, Noſter duorum euentus oſtendat, vtra gens bello ſit melior.

Deinde, genitiuos tres, vnius, ipſius, ſolius. Cic. Dico mea vnius opera Rempublicam eſſe liberatā. Par ma ſeule diligence.

Præterea, genitiuos particulariũ, & vniuerſalium, vt omnium,cuiuſque: quibus accedunt multorum, paucorum.Cic.3.de Oratore, Voluntati veſtræ omnium parui. *I'ay faict le uouloir de tous uous aultres.*

Quarto, genitiuos participiorum. Cic. Lentulo, Noſtram fidē & amorem tui abſentis , præſentes tui cognoſcent. *Voz amys qui ſont icy preſens, cognoiſtront l'amour que ie uous porte en uoſtre abſence* . Ouidius, Et noſtros vidiſti flentis ocellos. Tu dic cum Eraſmo , Et meos vidiſtis flentis ocellos.

Poſtremo,genitiui gerundiorum, aut gerundiuorum.Cicero in Oratore, Lucium Craſſum quaſi col ligendi ſui cauſa,ſe in Tuſculanum contuliſſe.*comme pour reprendre courage.*

In quibus exemplis poſſeſſiua adiectiua facie , pro primitiuis mis,tis,ſis,noſtrum & veſtrum, illis adiectiuorum genitiuis ſubſeruiunt , ſubſtantiui ſcilicet parteis agentia: quod prudentiſſimus interpres Valla,natura repugnante,fieri ſcriptum reliquit:cui ſententiæ lector facilè accedet,obſeruans relatiuũ (°qui) ex poſſeſſiuis ipſis pendêre.

Cic. Terentiæ, Sed omnia ſunt mea culpa commiſ ſa , qui ab ijs me amari putabam ,qui inuidebant.

Terentius in Andria,

Cum id mihi placebat,tum vno ore omnes omnia Bona dicere,& laudare fortunas meas,

Qui gnatum haberem tali ingenio præditum. Vbi Vallæ placet relatiuum(°qui)antecedens(°meas)poſſeſſiuum pro primitiuo (°mis) habere : quod & ipſe probarem,niſi hoc maiori operi deberetur.Cæterum alios genitiuos non recuſant,qui paſſiuè accipiãtur.

Cic.Curioni,Et quoniam meam tuorum erga me

meritorum memoriã nulla vnquam delebit obliuio. *Et veu qu'il ne fera iamais que ie n'aye fouuenance des plaifirs que vous mauez faiâ.* Vbi obferuet puer contextum illum, Meam tuorum meritorum memoriam.

Idem ad Atticum, Vehemẽtérque tua fui memoria deleâatus. nempe qua de fe recordaris.

Alios autem genitiuos, puta aâiuæ fignificationis, in confortio fuo non fuftinent. Quare ne dixeris, Miferere mei peccatoris: fed, Miferere mei, qui fum peccator: vbi aâio fignificatur.

In illo Terentij poffeffiuum fubftantiuum eft, Ego meorum folus fum meus. *Ie n'ay amy en ce monde que moymefme.*

NOSTRVM ET VESTRVM.

Noftrum & veftrum, genitiui plurales, gaudent nominibus diftributiuis, aut partitiuis: vt,

Nemo veftrum.

Vnufquifque noftrum: id eft ex nobis.

Item cõparatiuis & fuperlatiuis : vt, Maior veftrũ. Maximus natu noftrũ.

Terentius in Andria, Nunquam cuiquam noftrũ verbum fecit. *Il ne nous en parla iamais.*

Nemo noftrum. *Nul de nous aultres.*

Vnufquifque noftrũ paffus eft anginam. *Vng chafcun de nous a eu l'efquinancie.*

Maximus natu noftrum ibit. *Le plus vieulx de nous aultres yra.*

Cic. contra Rullum, Maiori veftrum parti. Is eft

frequentior loquendi vſus , quo modo non ſemper
authores locuti ſunt,vt Budæ⁹ doctiſſimè more ſuo
annotauit in Commentarijs Græcæ linguæ.

RECIPROCA.

Sui,ſibi: Suus,ſua, ſuum,non niſi re-
ciprocè ponuntur:hoc eſt,vt reflectan-
tur ad id quod præceſſit in eadem orationis parte, aut annexa per copulam.
Ille ſibi placet.　　Petrus odit ſuos.
Orat vt ſuo faueas filio.

Reciproca ſui & ſuus, cum compoſitis ſuijpſius,
ſuimetipſius,in vſu ſunt,quoties tertiæ perſonæ ſen
ſum in ipſam retorquent.Iohannes memor ſui.

Sibi benefacit,qui benefacit amico.

Se Petrus diligit.　　Ille ſibi placet.Il ſeſtime.

Quintilianus libro primo, Neceſſe eſt ſibi nimium
tribuat,qui ſe nemini comparat.

　　　Aut in rem perſonæ tertiæ,

Petrus odit ſuos.Pierre ueult mal aux ſiens.

Patrem ſequitur ſua proles.Ex Virgilio.

Sed cum lapſus ſit facilis , memineris in vſu horũ
prenominum , reciprocis locum non eſſe, niſi cum
verbis perſonæ tertiæ , aut in eadem orationis parte,
aut annexa per copulam.

Orat vt ſuo faueas filio. Il uous prie que uous aydez a
ſon filz.

Terent.Dicit hera,ſi ſe amas,vt ad ſeſe venias.

Niſi orationi participium,noménve intextum ſit,
quod verbi tertiæ perſonæ intellectum habeat: nam

tunc etiam reciproci incidit vſus.

Horatius,Finge ſibi cõuenientia cuique.Nam ſoluitur ſic,Finge cuique,quæ ſibi conueniunt.

Cic.de Senectute, Athletáſque ſe in curriculo ex-
ercentes videret.Nempe qui ſe exercebant. quo modo Latinum eſt,Vidi Petrum memorem ſui.nam re
ctum eſſet,Vidi Petrum qui ſui recordabatur. Satis
enim eſt , ad verbi tertiæ perſonæ ſenſum reciproca
referri . Verbi autem tertiæ perſonæ ſenſum appello
participium, nomênve ei reſpondens. Quintil.lib.9,
Nam etiam cum iudicium meum oſtendero , ſuum
tamen legentibus relinquam.

Non defuerunt qui Latiné dici crediderint, Tu
veniſti ſecum : quòd populari orationi affinis ſit, *Tu
es venu auec luy*.Sic,Ego veni ſecum,*Ie ſuis venu auec luy*:
tanquam Latinam linguam oporteat Gallicæ ſer-
uire.Quare illud non omittam,in quo vertitur reciproci cardo,reciproci vſum ſolum probari, cum eũ-
dem intelligimus , qui præceſſit . Quòd ſi alium ab
eo qui præceſſit, ſignificamus , vtimur pronominibus,hic,ille,ipſe:vt,Petrus amat ſe,puta Petrum: *Soy-
meſme*.Petrus amat illum,ſcilicet Iohannem, Iuniũ.
Vng aultre,non pas ſoymeſme.Hæc inter prima elementa
ponenda duxi.

DEMONSTRATIVA.

Demõſtratiua, cũ ſubſtantiue ponũ-
tur,admittũt genitiuum,vt dictum eſt.
Hoc noctis.   Id temporis.
Illud acceſſit mali.

Plautus in Amphitr. Qui hoc noctis à portu ingratis excitauit. *Ceſte nuyʓ.*

Cicero, Ad me venturos eſſe id temporis prædixe-
ram. Pro eo tempore.

Gellius, Si libri copia fuiſſet hoc temporis.

Illud acceſſit mali. *Ce mal eſt uenu de ſurcroiſt.*

Terētius in Adelphis, Edormiſcam hoc villi. *Ie re-
poſeray ce uin.*

In Eunucho, Dij boni, quid hoc morbi eſt?

IDEM CVM DATIVO.

Idem datiuū adiūgit vel ablatiuum,
interueniente præpoſitione.

Idem facit occidenti : id eſt, quod
occidens.

Idem huic, aut idem cum hoc.

Horatius in Arte, Inuitum qui ſeruat, idem facit
occidenti. *Qui garde de peril quelqu'un contre ſon uouloir, eſt
autant coulpable qu'ung meurtrier.* Eraſmus in Chiliadi-
bus, Eundem, inquit, cum proximo ſenſum habet.
Id eſt ſimilem.

Nominatiuus

POST ADVERBIVM.

NE & Ecce demonſtrantis, nominatiuo ſeu accuſatiuo iunguntur:

En quattuor aras.   Ecce rem.
En lupus in fabula.
   En exprobrantis accusatiuo gaudet.
En animum & mentem.

Habent autem inflexibiles partes miram quandam
in contextu vim ac potestatem, quam cum in transi-
tu, velut aliud agentes, Grammatici tractent, eorum
syntaxis omnes numeros habere nõ potest. A doctis
enim accepimus, in earũ vsu non minus quàm per-
mutato genere delinqui. Quare altius eius rei ratio
repetenda fuit, vnde fundamenta iaciuntur coniun-
gendarum vocum, quarum rationem fidelis præceptor aperiet : apertam animo infiget puer : infixam
imitationi, qua artis bona pars continetur, tradet.

   En & Ecce demonstrantis aduerbia, amant nominatiuum & accusatiuũ. Virg. in Daphnide, En quattuor aras.   Idem, En Priamus. *Voyla Priam.*

   En gladiolus scriptorius. *Voicy le ganiuet.*

   En lupus in fabula. *Voicy icy celuy dequoy nous parlions.*
Terentianũ est : vbi is interuenit de quo sermo erat.

   Iuuenalis, En habitum.

   Quintilianus, En improbitas. *La grand meschansete.*
Reprobando enim (en) vtimur. vt Cicero pro Deiotaro, En crimen, en causa, cur regem fugitiuus, domi-
num seruus accuset. *Voyla ung grand mal.*

   .En animum & mentem. *La grand sotise.*

   Cicero, Ecce tibi status noster.

   Ecce accusatiuum durè tribuit Plautus in Bacch.
Ecce, inquit, me.

                                    L.j.

GENITIVVS POT AD-
VERBIVM.

Superlatiua genitiuum exigunt.

Peſſimè omnium dixit.

Qui omnium optimè fecit.

Quæ ſuperlatiui gradus ſunt, à poſteriori genitiuis gaudent. Peſſimè omnium dixit. *Il a parlé plus mal
que tous.*

Qui omniũ optimè fecit. *Lequel a mieulx faict que tous.*

Plinius, Lynces clariſſimè omnium quadrupedum
cernunt.

ADVERBIA LOCI AC
TEMPORIS.

Adduntur aduerbiis loci ac temporis
genitiui ferme hi: Vbi gentium.

Eò impudentiæ ventum eſt.

Quò terrarum.   Nuſquam gentium.

Huccine rerum venimus?

Vbiuis, Q̣uouis terrarum.

Eò loci redacta eſt.   Tunc temporis.

Loci ac temporis aduerbia in genitiuum feruntur.
Cicero ad Atticum, Tu autem abes longe gentium.

Ibidem, Vbi terrarum eſſes, ne ſuſpicabar quidem.
Ie ne pouoye penſer en quel lieu tu eſtois. Idem ſonat Vbi
gentium.

Cornelius, Ituram quoque terrarũ . *En tous lieux que*

ce fuſt,En tel pais que ce fuſt.

Terentius, Te interea loci cognoui. Iuſtinus, Tūc temporis Cambyſi Perſarum mediocri viro. *Alors.*

Eò impudentiæ ventum eſt:ſermo receptus.pro eo quod eſt, Ad eam impudentiam: cuiuſmodi, Eo loci redacta res eſt. *La choſe eſt uenue iuſques a ce point.*

Perſius, -huccine rerum Venimus? Cæſar,Eò diſcordiæ ventum eſt. *On eſt uenu a ce debat.*

Nuſquam gētium inueniri poteſt. *On ne le peult trou uer en nul lieu.* Ex Terentio in Adelphis.

Nam minime gentium,monadicon eſt,genitiuo feſtiuitatis cauſa addito.

Terent.in Phorm. Meritóne hoc meo videtur factum?D.minime gentium. Pro eo quod eſt, Omniū gentium iudicio minime eſt factū,ſi Feſto credimus.

PRIDIE ET POSTRIDIE.

Pridie Calendarum,ſiue Calendas.
Poſtridie eius diei.
Poſtridie quàm diſceſſeras.
Poſtridie quàm venires.

Aduerbiorum(pridie)& (poſtridie) varia eſt ſynta xis:nam tum genitiuo,tum accuſatiuo ſeruiunt.

Cicero ad Lentulum, Quòd illam ſententiam Bibuli de tribus legatis pridie eius diei fregeramus . *Le iour de deuant* . Pridie enim ſignificat præcedenti die: quemadmodum Poſtridie, poſtero die. *Le iour d'apres:* latiuſque patet quàm perendie.quæ vox poſt cras vulgo ſonat:vt,Poſtridie hilaria te viſam. *Ie uous iray ueoir le iour d'apres le mardy gras.*

Titus Liuius,Inde vt poſtridie Calēdas, ac Nonas eadem religio eſſet.Poſtridie Calendas,*Le ſecond iour du moys.*vt Pridie Calendas,*Le dernier iour du moys.*

Cæſar de bello Gall. Poſtridie eius diei Cæſar præſidium vtriuſque caſtris,quod ſatis eſſe viſum eſt,reliquit. Poſtridié eius diei,*Le iour d'apres.*

Eſt vbi genitiuus deſyderatur. Terent. in Andria, Venit ad me Chremes poſtridie clamitans . Supple, Illius diei,quo hæc geſta ſunt.

Poſtridie quàm diſceſſeras,*Le iour apres que fuſtes party,*peritorum ſermo eſt.

INSTAR.

Inſtar montis.   Inſtar pecudis.

Aduerbio(*inſtar*)genitiuum apponimus. Virgilius , Inſtar montis equum diuina Palladis arte AEdificant.*Auſſi grand que une montaigne.*

Cicero,Hexametrorum inſtar verſuum.*Selon la meſure des uers exametres.* Hæc enim vox, Valla authore, ſignificat ad æquiparationem,vel ad menſuram.

Nonnũquam tamen ſimilitudinis viciniæ accedit. Cicero M. Catoni,Frigeranam autem,quæ ſuit nõ vici inſtar,ſed vrbis,quòd erat Amani caput. *Elle ſembloit eſtre une uille.*

Item Parum,Multum,Satis,Abunde vini,vice nominum poni videntur.

Quantitatis aduerbia (*ſatis*)& (*abunde*) genitiuis iunȼta , nominis officio funguntur . Virgilius, Terrorum & fraudis abunde.Id eſt abundantia.

Martial.Ohe iam ſatis eſt.In his enim(*abunde*) & (*ſatis*)pro nominatiuis nominum poſita ſunt.

Cicero de Senect. Tantum cibi & potionis adhi-bendum est, vt reficiantur vires, non opprimantur.

Suetonius in Cæsare, Potētiæ gloriæcq abunde est.

Idem, Satis testium est à me datū. Plautus in Mi-lite, Tibi diuitiarum affatim est . Quintilianus libro secundo, Licet enim satis exemplorum ad imitādum ex lectione suppeditet, tamen viua illa (vt dicitur) vox alit plenius præcipuéque præceptoris. Idem libro 12, Cum satis in omne certamen virium fecerit. Et libro 10, Et abunde satis est.

Cicero de Senectute, Minus habeo virium, quàm vestrum vteruis. *I'ay moins de force que le moindre de uous deux.* In quibus exemplis, aduerbium accusatiui par-tes nonnunquam agit.

Obuia sunt & aduerbia in naturam nominū versa.

Cicero pro Cornelio Balbo , Ac si mea authoritas satis apud illos ponderis haberet.   Martialis,
Cras te victurum, cras dicis Posthume semper:
Dic mihi cras istud Posthume quando venit?
Persius, Iam clarum mane fenestras intrat.
Quæ omnia genere neutrali adiectiuum asciscunt.

DATIVVS POST AD-VERBIVM.

Quædam datiuum admittunt nomi num vnde deducta sunt.

Venit obuiam illi: Nam obuius illi di-citur.

Canit similiter huic: Nam similis huic.

Et, Sibi inutiliter.

Sedet proxime illi.

Propinquius tibi fedet, quàm mihi.

Aduerbia quædam thematis fyntaxin imitantur.

Venit obuiam illi. *Il eſt uenu au deuant de luy.*

Cicero Appio Pulchro , An ego tibi obuiam non prodirem?Obuius enim, à quo fonte(ʼobuiam) àduer bium fluxit,datiuo connectitur. Ita, Obuiam procef fi, obuiam mifi, obuiam iui, & cum alijs pluribus ver bis,quod docuit Valla,(ʼobuiam)in vfu eſt.

Eiufdem claffis eſt illud Ciceronis Officiorum ter tio, Etenim quod fummum bonum à Stoicis dicitur, conuenienter naturæ viuere : id habet hanc (vt opi nor)fententiam, naturam cum virtute cōgruere fem per . Quod ad Græcam figuram reuocat Budæus in commentarijs Græcæ linguæ.

Ita propinquius tibi fedet , quàm mihi . *Il eſt affiz plus pres de toy que de moy* . Dixit enim Salluftius , Ille eos in domum Bruti perduxit, quòd foro propinqua erat.

Sic,Similiter huic. *Semblablement a luy.*

ACCVSATIVVS POST
ADVERBIVM.

Sunt quæ accufandi cafum admittūt præpofitionis,vnde funt profecta: Pro pius vrbem: &, Proxime caſtra.

Tam(ʼpropius) quàm (ʼproxime), ficut prima eo rum origo,accufatiuum habent. Cicero ad Octauiū, Propius vrbem caſtra mouentur. *Plus pres de la uille.*

Idem pro Milone, Propius deos acceſſit.

Legitur & cum datiuo. Virgilius, Propius ſtabu-
lis armenta tenebat.

Propius ad deos recepta ſyntaxis : &, Propius à
terra.

Cicero pro Ligario, Homines enim ad deos nulla
re propius accedunt, quàm ſalutem hominibus con-
ferendo. *Les hommes ne ſcauroyent uenir plus pres de la perfe-
ction des dieux, que de ſauuer la uie aux hommes.* Idem de na
tura deorum, Intra autem hanc propius à terra Iouis
ſtella fertur. Idem ad Atticum, Tamen eſſe officium
meum putem, exercitum habere quàm proxime vrbem. *Tout contre ou ioignant la uille.*

Propius, *Plus pres.* Proxime, *Encores plus pres, ioignant.*
Salluſtius, Proxime Hiſpaniam Mauri ſunt.

ABLATIVVS POST AD-
VERBIVM.

Quæ comparantur, conſtructionem
habent comparatiuorum nominum:
Acceſſi propius te: id eſt, quàm tu.
Melius te dicit: id eſt quàm tu.
Plus quingentis colaphis: &,
Plus millies.

Quæ comparantur aduerbia, ablatiuum recipiunt.
Cicero de Inuentione, Nihil lachryma citius areſcit.

Melius te dicit. *Il dit mieulx que toy.* Quintilianus lib.
primo, Hoc amplius intro & intus aduerbia. vt alibi,
His amplius, *Dauantage.* Quæ duo pro coniunctionibus copulatiuis multi accipiunt.

L.iiij.

Columella,Plus quatuor digitis abruptũ eſt.Nam
(plus)comparatiui nominis vim habet.

Terentius in Adelphis,Homini miſero plus quin-
gentos colaphos infregit mihi . *Il m'a baillé ſur la ioue
plus de cinq cens foys.* Liuius,Hoſtium plus mille cæſi.
vbi ad conſtructionis numeros(quàm)aut quid ſimi
le ſubaudiendum.

Deſyderatur interim auferendi caſus.Liuius,Paulo
plus viginti millium alius exercitus fuit. Id eſt Paulo plus numero viginti millium.Hoc Budæus.

Audiui plus millies , Audiui plus quàm millies.
*Plus de mille foys.*Nam bifariam effertur cum aduerbijs.
Hac de re extat caput elegans libro primo Copiæ
Eraſmi.

P R O C V L, &c.

Procul dubio,& Procul ab vrbe.
Clam patre.   Palam omnibus.
Coram omnibus.

Quatuor illa,Procul,clam,palam,coram, & aduer
bijs,& præpoſitionibus annumerari poſſunt:ſed tunc
iure aduerbia cenſentur,cum caſibus deſtituta occur
runt.Quæ omnia vetuſtatis fide non carent.

Tacitus, Nec procul cæde aberant. *Il ſ'en falloit bien
peu qu'on ne les tuaſt* . Procul dubio , *certainement* , díxit
Quintilianus lib.1.Liuius,Locus procul muros ſatis
æquus agendis vineis fuit. Ouidius,Sint procul à vo
bis iuuenes,vt fœmina,compti.Procul à vobis, *Loing
de uous.* Aduerbiũ híc eſt: vt illo loco,Procul,ô procul eſte prophani.*Tene{ uous loing,ou arriere.*

Coràm, Palàm,neque diuerſa huic, neque diſſimi-

lia funt natura. Terent.in Eun. Quæ mihi ante oculos coràm amatorem adduxti tuum. Coràm, En pre-
fence. (‘Præfentialiter) in Latinam coloniam deductū
nondum eft:à qua voce abhorreat puer.

Virgil. Clàm ferro incautū fuperat fecurus amorum. Hic(‘clàm)aduerbium eft. En cachettes.

Clam me eft. Ie n'en fcay rien. Cic. Attico, Quinetiā
paulo clam eis eam vidi. Sans qu'ilz en fceuffentrien. Cui
voci Cicero in Salluftium, accufatiuum tribuit, Timens ne facinora eius clam vos effent.

(‘Palàm)aduerbium legitur. Terēt.in Eun. Sin fal-
fum, aut vanum, aut fictum eft, continuò palàm eft.
Incontinent on le fcait. (‘Palàm)enim, manifefte, fiue in
aperto fignificat. clerement, euidemment. Huic cafum addidit Liuius, Rem, inquit, creditori palàm populo
foluit. Deuant tout le monde.

HIC, ILLIC, &c.

Hic, Illic, Iftic, Intus, Alibi, Vbi, Vbi-que, Vbicunque, Vbilibet, Vbiuis, Ali-cubi, Necubi, Sicubi, Ibi, Inibi, Ibidem, referuntur ad quietem in loco.

Sunt, ait Fabius, quædam cognata, vt dicunt, id eft
eiufdem generis, in quibus qui alia fpecie, quàm o-
portet, vtetur, non minus quàm ipfo genere permu-
tato deliquerit. Et paulò pòft, Intro & intus, loci aduerbia: Eo tamē intus, & Intro fum, folœcifmi funt.
Hactenus Quintilianus. Quare his nec ftatim fefe
offerentibus vtendum, fed fubeat ratio collocandi,
quam emendatè loquendi regula (fyntaxim appellant)examinat.

Verbis igitur in loco illa apponuntur:

Hic,*Icy*.　　　Iſtic,*Ou tu es*.　　　Illic,*La*.

Intus,*Dedans*.Interius,in eadem re ne dixeris.

Alibi cœnaui.*I'ay ſouppe ailleurs*.

Vbi prandet?*Ou diſne il?*

Vbique cæli grauitatem facile fero . *En tous lieux ie me trouue bien de l'air.*

Vbicunque docebit Maturinus Corderius, florebunt bonæ literæ.

Vbilibet,vbiuis habitemus.*Demourons ou tu uouldras.*

Necubi dormias me inſcio. *Ne dors en lieu que ce ſoit que ie ne le ſache.* Sic prohibendo vnico verbo contentum eſt: alibi duo poſtulat. Volo necubi cœnes . *Ie ueulx que uous ne ſouppiez en lieu que ce ſoit.*

Sicubi doceat Iunius,Marius Cumbus eius collega erit . *Si Iunien regente en quelque lieu, maiſtre Mary ſera ſon aſſocié.*

Ibi peribã Helenam. *I'aymoye la une belle dame .* Ibidem, *La meſme.* Ex hoc loco ſequentium intellectus patet.

·HVC, ·ILLVC, &c.

Huc,Illuc,Iſtuc,Intrò,Aliò, Aliquò, Nequò,Siquò, Eò, Eôdem, Quolibet, Quouis,Quocunque,Foras,Horſum, Aliorſum,Dextrorſum, Siniſtrorſum, Surſum, Deorſum, Vtroque, Neutrò, Quoquouerſum , referũtur ad motionem ad locum.

Huc,illuc,& quæ ſequũtur,verbis ad locũ gaudẽt.

Vado iftuc. *Ie uiens a toy.*

Venio huc. *Ie ne uoys point plus loing que icy.*

Huc pertinet , Huc fpectat , A *ce propos* , doctis in vfu funt.

Terentius, Eamus nunc intro. *Entrons dedans.* Eamus verò intus, aut intra, folœcifmi funt.

Idem, Exi foras fcelefte. *Sortez dehors mauuais garnement.* Vade autem extra: aut, Vade foris, aut ad foras, à Latinæ linguæ caftimonia abhorrent.

Deflecte oculos dextrorfum. *Regardez a dextre.* Ad locum enim motio eft.

Neutro me recipiam. *Ie n'iray ne ca ne la.*

HINC, ILLINC, &c.

Hinc, Illinc, Iftinc, Aliunde, Alicūde, Sicunde, Necūde, Indidem, Vnde, Vndelibet, Vndeuis, Vndecunque, Vtrinque, referuntur ad motum e loco.

Hinc, illinc, & quæ eiufdem claffis funt, veniendi fignificationem habentibus verbis iunguntur.

Aliunde venio. *Ie uiens d'ailleurs.* Fabius 2, Non aufteritas eius triftis, non diffoluta fit comitas: ne inde odium, hinc contemptus exoriatur.

Venio hinc. *Ie ne uiens pas de plus loing que d'icy.*

Venio illinc. *Ie uiens de là.* (Dehinc) eius loco, quòd ordinis eft, non recipitur.

Venio foris. *Ie uiens de dehors.* Venio autem de foris, barbaris relinquito: aduerbijs enim præpofitiones apponi non folent.

Venio inferne. *D'embas.*

Venio fuperne: quod vulgus dicit Defuper.

HAC, ILLAC, &c.

Hàc, Illàc, Iſtàc, Alià, Aliquà, Quà, Siquà, Nequà, referũtur ad motionem per locum.

Hàc, illàc, &c. tranſeundi verbis conneſtuntur.

Non hàc iter fecit. *Il n'eſt pas paſſé par icy.* Nam hàc iter facio, per locum ſignificat.

Tranſiuit aliá. *Il eſt paſſé ailleurs.*

Reſtà, ad hunc locum plerique referunt: Quò tu hinc abis? Reſtà Louanium. *Tout droiſt a Louuain.* Terentius, Cur non reſtà introiſti? *Pourquoy n'eſtes uous entré tout droiſt?* Cicero, Reſtà venit ad me. *Il eſt uenu tout droiſt a moy.* Quorundam tamen iudicio (reſta) hîc nomẽ eſt, diſſimulato ſubſtantiuo (via.) Reſtè, qualitatis aduerbium, in eius locum ſubſtitui nó po teſt, quo multi abutuntur.

VARIANTIA.

Hæc variant: Foris cœnat, & Foris venit.

Peregrè viuit.   Peregrè rediit.

Peregrè abiit.   Nuſquam apparet.

Nuſquam diſcedet.

Loci aduerbia in claſſes doſtè diſtribuit, capita ſignificationis non præteriens. Nunc affeſtionis variæ verba, vſu ſuadente, quædam recipere idem docet.

Foris cœnauit. *Il a ſouppé dehors.* Foris venit. *Il uient de dehors.* Hic motus è loco, illic quietis verbum eſt.

Terentius in Phor. Pericla, damna, exilia, peregrè

rediens femper cogitet. *Qui uient de dehors.*

Ibidem in Periocha, Chremetis frater aberat peregrè Demipho.   Peregrè abijt. *Il eſt allé dehors.*

Peregrè uiuit. *Sur les champs.* Nam aduerbij (perc-
grè) trifariam variat vſus.

Terentius in Eunucho, Ille autem bonus vir nuſquam apparet. *On ne le ueoit point en lieu qui ſoit.*

Nuſquam diſcedam. *Ie ne bougeray d'icy,* Ie ne partiray
point d'icy.*

QVIBVS MODIS VERBORVM
quæ congruant aduerbia.
VBI, POSTQVAM, CVM.

Vbi, Poſtquam, Cum, aduerbia temporis, interdum indicatiuis, interdum
ſubiunctiuis verbis apponuntur: vt,
Cum aderit: &, Cum venerit.

Ad contexendæ orationis rationem & illud ſpectat, quæ aduerbia in verba ius habeāt, ſcire, vt quorum modum nonnunquam mutent. (Poſtquam)
igitur, tum indicatiuo, tum ſubiunctiuo connectitur. Terentius in And. Poſtquā exceſſit ex ephebis.
Apres qu'il fut ia grand. Plin. nat. hiſt. Sed ſiue antequā
ver præuenerit, ſiue poſtquam hyemarit. Cum indicatiuo autem frequentius obuium eſt.

Terent. in Eunu.   -cum huc reſpicio ad virginē,
Illa ſeſe interea commodùm huc aduerterat. *Quant.*
hîc indicatiuo dedit. Ibidem, Cum ipſum me noris,
quàm elegās formarum ſpectator ſiem. (Cum) ſubiunctiuo appoſuit.

Parem his vſum (Vbi) pro (poſtquam) habet: cum

ſubiunctiuo tamen admodum rarò legitur. Terent.
Vbi nos lauerimus,ſi voles,lauato. *Apres que.* Idem in
Andria,Vbi te non inuenio.

SIMVL, SIMVLAC, SI-
MVLATQVE.

Simul,Simulac, Simulatque, magis
gaudent ſubiunctiuis.

Simulatque adoleuerit ætas.

Hæc tria,Simul, ſimulac,ſimulatque, magis gaudent ſubiunctiuis : tamen indicatiuũ non repudiāt.

Horatius, —ſimulac durauerit ætas
Membra,animúmque tuum, nabis ſine cortice. *Auſſi
toſt que tu ſeras grand.* Citra præceptores ipſe te reges.
Cic.Appio Pulchro, Gratiſſimum mihi feceris, ſi ad
me,ſimulatque adeptus eris,miſeris. *Auſſi toſt que.* Pro
Cluentio,Simulatque hoc audiuit.

Vatinius Ciceroni,Simul verò ſemiſſis homo contra me arma tulit.

VT.

Vt pro poſtquam,indicatiuo gaudet
adiungi.

Vt ventum eſt in vrbem.

Vt ventum eſt in vrbem . *Incontinent qu'on fut arri-
ué a la uille.*

Illum vtprimum vidi , nunquam vidi poſtea . *De
puis que ie le uis la premiere foys,ie ne l'ay point ueu.* Plautinum eſt in Epidico.

QVEMADMODVM, VT, VT-
CVNQVE, SICVT.

Quemadmodum, Vt, Vtcunque, Sicut, vtrunque modum admittunt.

Vt falutabis, ita & refalutaberis.

Vt fementem feceris, ita & metes.

Quemadmodum, vt, ficut, eodem fpectantia, puta,
Ainficomme, vtrūque modum tum indicatiuum, tum
fubiunctiuum habere poffunt. Vt falutabis, ita & refalutaberis. *Selon que tu falueras, on te faluera.* Elegantiffi-
ma metaphora dixit Cicero, Vt fementem feceris, ita
& metes. Id eft Reportabis præmium tuis factis dignum. *Tu feras paye felon que tu auras deferuy.*

Terent. Tu tamen has nuptias perge facere vt facis. Quintil. Sed hæc eloquēdi præcepta ficut cogni-
tioni funt neceffaria: ita non fatis ad vim dicendi valent, nifi illis firma quædam facilitas, quæ apud Græ-
cos lexis dicitur, acceferit. In quo genere fermonis,
bonam partem fibi vendicat illud (Ita).

Plautus, Vtcunque eft ventus, exin velum vorti-
tur. *Du cofte qu'eft le uent.*

QVASI, &c.

Quafi, Ceu, Tanquam, Perinde, Acfi,
Haud fecus acfi, cum proprium habēt
verbum, fubiunctiuis gaudent apponi.

Tanquam feceris ipfe aliquid.

Quafi non norimus nos inter nos.

Aliàs copulant confimiles cafus.
Noui hominem tanquam te.
Arridet mihi quafi amico.

Tanquam feceris aliquid. *comme fi tu auois faict quelque cas.*

Terentius in Adelphis, Age inepte, quafi nunc nõ norimus nos inter nos. *comme fi.*

Hæc proprio verbo affixa, fubiunctiuis iunguntur. Plinius natur. hift. Tanquam nefciamus hanc effe folam. *comme fi nous ne fcauions pas.*

Aliàs fimiles cafus cõnectunt. Quintil. lib. 8, Cõparatio eft enim cum dico, fecifle quid hominem vt leonem. Noui hominem tanquam te. *Ie le cognois comme ie te cognois.* Terent. in Phorm.   Quarũ vocum fignificatio paucis docenda. ex Valla eft: Velut & veluti, quafi, tãquam, ceu, imaginem fignificant. Quod in aperto erit, fi foluantur orationes in verbum fubfiftendi: vt, Tu irafceris tanquã leo. Id eft, tanquã leo effes. (*Sicut*) verò & (*Sicuti*) fimilitudinem innuit, quod indicat verbum prius repetitum: Irafceris ficut leo. Id eft, ficut leo irafcitur. Quintil. lib. 5, Aut ficut titubauerint, opportuna rurfus eius, à quo producti funt, interrogatione, velut in gradum reponãtur. (*Velut*) adhibuit ad fignandam fimilitudinem. vt Cicero, Nifi tanquam lumini oleum inftilles, extinguuntur.

Perinde (inquit Valla) flagitat poft fe acfi, vel atque fi, cum fignificatio eius eft I T A: vt, Fac perinde acfi tua res effet. Id eft, ita quafi. *Faictes comme fi c'eftoit uoftre affaire.* Cum negatione verò etiã (*quàm*). Suetonius in vita Domitiani, Nulla tamen re perinde

motus quàm refpófo. Quòd fi non fequatur nec, acfi, aut negatio, accipietur pro æqué. vt Plinius Iunior,
Funus Rufi clariffimi viri , & perinde fœliciffimi. Et
pro multum. Idem Suetonius in vita Galbæ, Quare
aduentus eius non perinde gratus fuit. *Sa uenue n'a pas*
efte grandement ioyeufe.

N E , N O N.

. Ne prohibentis, vel imperatiuis, vel
fubiunctiuis additur.

Ne nega.   Ne dixeris.

Non , verbis imperatiuis non rectè
apponitur.

Hic locus ex 1. Quintiliani fumptus eft, cap. 5. de fo
lœcifmo. ait enim (*Ne*) ac (*non*) aduerbia. qui tamen
dicat pro illo, Ne feceris, Non feceris, in idem incidat
vitium: quia alterũ negandi eft, alterum vetãdi. (*Ne*)
itaque fecũdis perfonis modo imperatiui, modo fub-
iunctiui gaudet. Ne nega. *Ne le nye point.* Confeffe *le.* Ex
Terentio in Andria. Ne dixeris. *Ne le dy point.* (*Non*)
verò præter imperatiuum, modis omnibus iungi poteft: Non dico, non dicerem, non dixiffem, non dicere: quorum frequentiffimum exemplum eft.

N E , A N , N V M.

Ne cum eft interrogantis, indicatiuum amat.

Supeféftne, & vefcitur aura?

Similiter & An, & Num.

At eadem cum capiuntur dubitatiuè,
siue indefinitè, subiunctiuū postulant.
Vise num redierit.
Nihil refert, fecerísne, an persuaseris.

Ne interrogantis, indicatiuo gaudet. Virgilius,
Superéstne, & vescitur aura? *Est il encore en uie?*

Illud haudquaquam prætereundum silentio, con-
iunctioni(aut) interrogando locū non esse, quod docet Quintilianus, nimirum tātus author, vt vnus pro
multis sufficiat. (An) inquit & (Aut) coniunctiones
sunt: male tamen interroges, Hic, aut ille fecit? Quæ
ipsa solutionis vox cum verbis opinionis & scientiæ
indicatiuum amat: sic, Opinor quòd pater aut mor-
tu⁹ est, aut grauiter ægrotat. *Ie pése que ton pere est mort,*
ou bien malade. Cum verbis verò dubitationis aut inscie-
entiæ, subiunctiuum (an) admittit. Ideóque tu inter-
roga, Aurúmne est, an aurichalcum? Et tu responde,
Nescio an sit hoc, an illud. Hîc peccatur à plerisque
ad hunc modum, Amo personale, aut impersonale?
Quæ vitiosa oratio, si interroges, orationis munditiem ad hanc formam habet, Amo personale, an impersonale? vel, Amo personaléne est, an impersonale?
vel, Amo personale est, nécne? vt Cicero pro Flacco,
Vtrum vultis, Prætori Flacco licuisse, nécne? Id est li
cuisse, an non? Quidam superuacuò addunt alterum
(an): sic, Nescio an venerit, nécne. dictum enim opor
tuit, Nescio venerit, nécne.

Huic confinia sunt illa, An, & Num. Vise num re-
dierit. *Va ueoir s'il est reuenu.* Nihil refert, fecerísne, an persuaseris. *C'est tout ung, le faire, ou le faire faire.* Sed operæpre

tium eft illud audire,Quoties per negationem inter-
rogamus,fubintelligi affirmationem.Non ego te fpo
liaui?quafi dicat,Ego te fpoliaui. Affirmatiuæ refpon
fioni conuenit(etiam):vt,Vidifti me hodie?Si te vidi,
refpondere debeo,Etiam,vel Sic. Plin.ad Tacitũ,Stu
des inquam? Refpondet Etiam.Qua in re Terentius
per(ita)nouo quodam modo locutus, apud quẽ Si-
mo dicenti Dauo,Mihine? Refpondet,Ita. Vbi me-
mineris,(ne)fecundo loco poni.Monofyllaba autem
vox(num)fubintelligit vtique negationem: vt,Num
ego te fpoliaui?Quafi dicat,Ego te non fpoliaui. Cicero quarto Acad.Quid ergo illud ad nos? num noftra culpa eft?Naturam accufa,quæ in profundo ve-
ritatem(vt ait Democritus)penitus abftruferit.

PENE, ET SIMILIA.

Penè,Propè,Propemodum, Tãtum-
non, Modonon , vnico verbo, feu alia
dictione contenta funt.

Propemodum infaniebat.

Tantumnon infaniebat.

Modonon montes auri pollicebatur.

Sunt aduerbia, quæ rei nõ planè perfectè appelles,
penè,propè, ferè & temerè cum non,propemodum,
tantumnon,modonon,vnico verbo,feu alia dictione
contenta.

Hora propè prima.Il eſt enuiron une heure.

(Quafi) in hoc fenfu citra vitiũ vfurpari non po-
teft:quæ vox fimilitudinem dicit. Nouè tamen quafi
pro(ferè)Suetonius dixit in Caligula, Nono Calen-

das Februarij hora quasi septima, cunctatus an ad prandium surgeret.quod annotauit Erasmus.

Penè acta est comœdia. *La farce est presque iouee.* Terentius in Phormione,Senem per epistolam pellexit, modonon montes auri pollicens.Id est ferè.*Il l'a par unes lettres faict uenir,luy promettat mons & merueilles.*Suetonius in Tiberio, Tantumnon aduersis tempestatibus Rhodum enauigauit. *Presque.* Quintilianus,Hoc triste spectaculum, & tantumnon ipsi qui fecerat.Id est propè est vt ipsi.Qui loquendi modus etiam solui potest per Non solum , Non modo, Quintiliano in delicijs habitus.Tantumnon insaniebat.*Il estoit presque hors de son sens.*

ADVERBIVM RELATVM
non ad verbum.

Aduerbiũ aliquoties refertur non ad verbum , sed ad aliam orationis parte. Homo egregiè impudens.
Ne parum sis leno.
Admodum puella. Admodum anus.
   Aliquoties aduerbium adhæret aduerbio.
Non admodũ pulchre. Parum laute.

Aduerbium inde nomen accepisse creditur, quòd verbo iunctum,eius sensum plane aperiat:vt,Ei omnia læta precor, quam perditè amaui . *Dieu doint tant de bien que ie uouldroye pour moymesmes a celle que i'ay tant aymee.* Quod & eius participio accidit.

Quintilianus , Nihil temerè dictum perit. *Vne chose mal dicte ne chet iamais a terre.*

Et adiectiuis nominibus , quæ funt affinia: Homo egregiè impudens. *Qui a perdu toute honte.*

Refertur tamen nouitáte vetufta ad fubftátiuum epitafeos. Terent.in Phorm. Verũ fi cognata eft maxime,non fuit neceffe habere. Vbi Donatus, ὅ ἰδιωτισμῷ, inquit,addidit maxime. nam fiue cognata eft, fiue non eft, non recipit δ᾽ μᾶλλον καὶ τὸ ἧττον,hoc eft,non dicitur maxime cognata,& cognata minime: fed aut eft,aut non eft. Ibidem,Eia ne parũ leno fies. Id eft,ne fatis lenonis partes agas. *Garde toy de perte,com me ung bon maquereau.*

Nimium mater eft . *Sa mere le tient trop friant ou mignart.*

Admodùm puella. *Fort ieune fille.* Admodum anus. *Fort vieille.*

Cicero de Amicitia , Admodum adolefcentulus, *Fort ieune garfon.*

Aliquoties ad aliud aduerbium refertur. Cicero ad Octauium,C. Cæfare fortiffimè,fed parum fœliciter à Reipub.dominatione femoto.

Admodum pulchre. *Moult elegantement.*

Parum laute me accepit. *Il ne m'a pas trop bien traicté.*

De constructio-

ne Coniunctionum.

Quanquam & similia.

Vanquam, Tametsi, Etsi, Etiási, frequentius adiungútur indicatiuis.

Quanuis & Licet subiunctiuis.

Etiamsi cum vtrisque cohæret.

Vt pro quanuis, semper subiunctiuú
flagitat.

Serui vt taceant, iumenta loquentur.

Aliquoties ad aliam orationis parté
referuntur, non ad verbum.

Complectitur hominem, quanuis male
volentem, etiási pessimè de se meritú.

In coniungendis sensibus peccatur plerunque à
mediocriter doctis:in causa est,quòd negligitur con-
iunctionis virtus, quæ nisi modo voces, modo orationis membra doctè vinciat, non video quî vitare
possimus illud Ciceronis conuitium, Scopæ dissolu-
tæ : quíque suppetat sermonis puritas, orationísque
mundities:quod Erasmus grámatica bene fortunan-
te, fœliciter attingit. Aduersatiuæ igitur coniunctio-

nes,Etfi,Tametfi,Quanquam,Etiamfi,afcifcunt indi
catiuum duntaxat in principio ftatim orationum e-
piftolarum, librorum, cum verbis cohærent. Cicero
pro Milone,Etfi vereor iudices. *combien que ie craigne.*
Idem, Tametfi iactat ille quidem illud fuũ arbitriũ.
Cicero Attico,Quam tibi etiamfi non defyderas, tamen mittam. Iunguntur etiam cum alijs fubiunctiuis, orationem non inchoantes. Quintilianus, Cædi
vero difcipulos,quanquam id receptũ fit. Cicero Len
tulo,Quanquam aperte Volcatio affentirentur.

(*Vt*)pro quanuis fubiunctiuum habet. Serui vt ta
ceant , iumenta loquentur . Id eft quanuis ferui taceant. Non defunt, qui(*vt*)concedentis pro (*pofito
quod*) interpretentur. Cicero Attico , Nam quid de
me dicam,cui vt omnia contingant quæ volo, leuari
non poffum?

(*Quanuis*) verò &(*Licet*) fubiunctiuum fæpius
poftulant , raro orationem inchoantes . Virgilius,
Quanuis multa meis exiret.victima feptis . Quæ tamen finitis iuncta reperiuntur.Earum omnium red-
ditiuæ funt,tamen,attamen,fed tamen, Gallicè, Tou-
teffoys, non obftant.

Aliquoties ad aliam orationis partem feruntur,nõ
ad verbum. Complectitur hominem,etiamfi peffimè
de fe meritum.Non *obftant qu'il luy ayt faict du defplaifir*.

NI, NISI, CVM SIMILIBVS.

Ni, Nifi, Si, Siquidem, Quòd, Quia,
& indicatiuis,& fubiunctiuis adhærent.
Nifi facies.   Nifi feceris.
Quòd bene vales,gaudeo.

Quòd redieris incolumis, gaudeo.

Non quia sic merui.

Non quia sit pauper, sed quòd sit im-
probus.

Nisi & ni, vtrunque modum sibi subijciunt. Teren
tius, Pamphilam ergo huc redde, nisi vi maüis eripi.
Rens nous icy m'amye, si tu ne ueulx qu'on te l'oste par force.
Idem, Non tibi satis esse hoc visum solidum est gaudium, Nisi me lactasses amantem, & falsa spe produ-
ceres? *Si encores uous ne m'abusiez de parolles?* Fabius libro
secundo, Tam firma est, vt non perdat vires suas, nisi
adiuuetur asseueratione discentis. Latinum igitur e-
rit, Vapulabis, nisi caues: &, Vapulabis, nisi caueas. Sed
(nisi) cum verbo principali indicatiuum magis effla-
gitat. Cicero pro Milone, Nisi forte putamus de-
mentem Scipionem Aphricanum.

(Si) eandem constructionem habet, Si illustrantur,
si erumpunt omnia.

(Siquidem) vsum non dissimilem habet. Quintilia
nus, Atque natura ipsa videtur ad tolerandos facilius
labores, musicam velut muneri nobis dedisse: siquidem & remigē cantus hortatur. Id est quia: quo modo vnius vocis est: aliter (si certe) sonat.

Idem libro 4, Quare illud stultissime præcipitur,
quod defendi non potest. silentio siquidem dissimu-
landum est id, de quo iudex pronuntiaturus est.

(Quòd) ad hunc ordinem referēdum est, quam vo
cem causales formulæ recipiunt: vt, Ideò nulli places,
quòd tibi nimium places. *Tu desplais a tout le monde,*
pourtant que tu es trop glorieulx. Ob id te sæpius repre-

hendo,quòd impensius amo . *La cause pourquoy ie te re-*
prens si souuent est,que ie t'ayme trop.

Quòd redieris incolumis,gaudeo.*Ie suis ioyeulx de ce*
que tu es retourne sain.

Quòd bene vales , gaudeo. *Ie suis ioyeulx de ce que tu*
es sain.

Quòd res tibi fœliciter euenerit,lætor. *Ie suis ioyeulx*
que ton affaire s'est bien porte. Sed in proximis orationi-
bus(quòd)εἰδικῶς accipitur,quod tamẽ apud Græ
cos est vsitatius in (ὅτι). Latini magis gaudent infi-
nitiuis: vt, Lætor rem fœliciter euenisse. nisi species
præmittatur:vt,Quòd pater reualuit,gaudeo.

(Quia) ad hanc classem refertur, Quia impensius
te diligo,ob id sæpius reprehendo.Non quia sic merui.*Non pas que ie l'aye ainsi deseruy.*

QVANDO, QVANDO-
quidem,Quatinus.

Quando,& Quãdoquidem, Quatinus, indicatiuum exigunt, & frequẽter
sequuntur causam, cum reliquæ huius
ordinis frequentius præcedant.

Quando mihi non credis, ipse facito
periculum.

Ipse periculum facito , quando mihi
non credis.

Quando & quandoquidem, quatinus, causalibus
formulis admodum eleganter iunguntur,indicatiuũ
flagitantia: vt, Quando tũ me negligis, tui quoque

curam abijciam. *Pourtant que tu me desprise,ie ne me soucie-*
ray point aussi de toy.

Cicero de Oratore, Quæ sunt in hominum vita,
quandoquidem in ea versatur orator, atque ea est ei
subiecta materia.

Quintilianus,Quando orator est vir bonus,is autem citra virtutem intelligi non potest.

(Quatinus)eiusdem farinæ est.Quintilianus,Qua-
tinus huc incidimus,paulò plus scholis dem⁹.Qua-
tinus ,id est quoniam.

Ad eundem modum Plinius in epist.(posteaquā)
vsurpauit: Maneat,inquit,puella, posteaquā sponso
iucunda est.Posteaquā mihi non credis,alios in cō-
silium adhibe. *Puis que tu ne me croys point.*

QVIPPE.

Quippe item, cū propriū habet verbū,
Danda est huic venia,quippe ægrotat.

Quippe, rationis redditiua coniunctio , pro quia,
certe vel quoniā, indicatiuū exigit, propriū verbum
habens.Quintil.Quippe id est homini naturale.

Danda est huic venia , quippe ægrotat . *Il luy fault*
permettre cela,veu.qu'il est malade.

QVIPPE QVI, VT QVI.

Si addideris qui , vtrunque admittit
modum.

Vt qui,plerūque subiūctiuis adhæret.
Non est huic habēda fides, quippe qui
bis iam peierauit,siue peierarit.

Vt qui peierarit.

Quippe, quū(ʻqui)ſibi comitē adiungit, vtrunque modum tum indicatiuū, tum ſubiunctiuum habet. Plin.lib. 12.de cappari loquens, Quippe quæ res etiā in deſertis agris citra ruſtici operam conualeſcit.

Vt qui, forma neque diſſimili, vt hîc docetur, pro quia, modo indicatiuo, modo ſubiunctiuo iungitur: ſed cum ſubiunctiuis frequentius. Terentius in Andria, Denique ita tum diſcedo ab illo, vt qui ſe filiam neget daturum.

Non eſt huic habenda fides, quippe qui peierauit: vel, quippe qui peierarit: ſiue, vt qui peierarit. *Il ne le fault point croyre, car il ſ'eſt pariuré.*

QVI.

Qui, cum habet vim cauſalem, ſemper adhæret ſubiunctiuo.

Stultus es, qui huic credas: id eſt, quòd vel quia credis.

Qui in eadem re, ſcilicet pro quoniam, ſubiunctiuo ſemper gaudet. Cicero Curioni, Tamen peccaſſe mihi videor, qui à te diſceſſerim. *Touteſſoys il me ſemble aduis que i'ay failly de t'auoir laiſſe.* Stultus es, qui huic credas. *Tu es ſot de le croire.*

VT, VTPOTE.

Vt, & Vtpote, proprium verbū nunquam habent.

Odi Petrum, vt in omnes maledicum:

Vtpote in omnes maledicum.

Vt & Vtpote,nec relatiuo(°qui)neque voci(°cum)
connexa,ſine vllo verbo leguntur.

.⁻ Odi Petrum,vt in omnes maledicũ: vel, vtpote in
ōmnes maledicum.Ie hay Pierre,de ce qu'il dit mal de tous.

Amo Socratem, vtpote virum integerrimũ. I'ayme
Socrates,car il eſt fort homme de bien.(°Vt)enim & (°vtpo-
te)ad formulam cauſalem referũtur,cuiuſmodi ſunt
quæ proximè attigimus:vt,Odi Dionyſium, quippe
tyrannum. Sicut, Amplector Petrum, vt optime de
me meritum. Tamen (°vt)& (°vtpote)potius aduerbia videntur pro ceu,aut tanquam, quàm conditio-
nales coniunctiones,aut cauſales.

· (°Vtpote) autem &(°vt) ſequente relatiuo qui, &
proprium verbum habent, & ſubiunctiuum admit-
tunt.Quæ ipſa eſt huius loci,ac Vallæ lib.2. germa-
na ſententia, nequis cum interprete (quod eius pace
dixerim)hallucinetur.Vt ratio noſtra probetur,Val-
læ verba aſcribam:Huic,puta quippe,ſimillimum eſt
vtpote:præterquàm primo modo,id eſt cum(°quip-
pe)ſine relatiuo(°qui)aut(°cum)legitur.Verba ſequē-
tia,hunc ſenſum oculis ſubijciunt,Non enim,ait,ha
bet ſuum verbum, quale foret Vtpote:id eſt homini
naturale.In cæteris omnibus vſum habet ſimilem,id
eſt cum(°qui). Quintilianus, Et omnia noua offendit,vt qui ſolus didicerit,quod inter multos faciendũ
eſt.Cic.ad Atticum,Me incommoda valetudo, qua
iam emerſeram,vtpote cum ſine febri laboraſſem,te-
nuit.Idem ad eundem,Ea nos,vtpote qui nil contē-
nere ſoleamus,non pertimeſcebamus.

Non omittendum (°vt)ad alios ſenſus accommo-
dari.Vt nũc ſunt mores.Id eſt,pro huius ſeculi mo-
ribus.Vt eſt barbarorum ingenium.Id eſt, pro con-

ditione barbarici ingenij.

Vt non, pro quin, legitur. Non potest studere opibus, vt animi tranquillitatem non perdat. Id est, nõ potest quin perdat, Nõ potest nisi perdat: copià est.

Terentianæ facundiæ illud est, Vt te Dij perdant, pro vtinam.

Et, ita vt, pro vt, frequens est apud Ciceronem: Ita vt facis. Eadem vox imitatione Græca, ex abundanti (°ne) additur: vt ne, pro ne: quod Terentianæ castimoniæ est. vt, -id arbitror Apprime in vita esse vtile, vt nequid nimis. in Andria. Et apud eundē, Metuo vt ferre possis. Id est, ne non possis, metuo. Vereor vt pater rescîscat, Vereor ne pater rescîscat, Vereor ne non rescîscat: copia est.

Denique finales formulæ (°vt) coniunctione gaudent cum subiũctiuo: Tu vigilas vt ditescas. *Tu trauailles affin d'estre riche.* Quintil. In hoc reperta musica, vt animos delectet. *La musique a este trouuee pour recreer les entendemens.*

Vti & Quò, eodem spectant: vbi tacitus non præteribo (°vt) verbis timoris connecti, & rogandi, & iubendi: cui item locus est post tam, tantus, talis, adeò, tot, sic, ita, facio, efficio, fio, timeo, vereor, metuo: vt, Timeo ne preceptor rescîscat: aut, Vt ne rescîscat: aut, Vt rescîscat. Quæ omnia (°quòd) particulam repudiãt. Nam, Timeo quòd magister sciet, solœcismi vitio laborat. &, Talis est oratio, quòd tædio cõpleat, Latinè nõ dicitur: sed, Lectio est talis, vt tædio compleat. In similibus eodem iudicio vtendum.

TVM TVM, CVM TVM.

Et tum tum, cum tum, similes mo-

dos copulant in verbis: in declinabili-
bus, similes casus.

Odit tum literas, tum virtutem.

Amplectitur cum eruditos omnes,
tum in primis Marcellum.

Copulatiuæ coniunctiones, quibus quæ coniun-
cta videri volumus, connectuntur, similes casus asciscunt. Ego & tu patrueles sumus. *Nous deux sommes*
cousins de par le pere.

Nisi aliud varia vocis syntaxis suadeat: vt, Emi e-
quum talento & pluris. *I'ay achete le cheual six cens escuz*
& d'auantage.

Aliquando voces vinculo carent. vt Quintil. Sunt
& alia ingenita cuique adiumenta, vox, latus patiens
laboris, valetudo, constantia, decor.

Orationes quoque coniunctionibus carent: quæ
virtus, orationis dissolutio vocatur. Cic. côtra côcio-
nem Metelli, Qui iudicabantur, eos vocari, custodiri,
ad Senatum adduci iussit, in Senatu sunt positi.

Fab. lib. 12, Verum & Marcus Cato cum in dicêdo
præstantissimus, tum iuris fuit idem peritissimus.

Amplectitur cum eruditos omnes, tum in primis
Marcellum. *Il ayme toutes gens scauans, & principalement*
Marceau. ('Cum) enim &('tum) copulatiuis coniunctionibus connumerantur. Sed est in('cum) quiddâ
minus, in('tum) quiddam maius.

('Tum) autem geminatum pro ('&) copulatiua
coniunctio est. Odit tum literas, tum virtutem. Id
est Odit literas & virtutem.

Quàm, nisi, an, præterquam, parem his vsum habent. Claudianus, Quis, nisi mentis inops, oblatum respuet aurum? *Qui est celuy la, s'il n'est hors d'entendement, qui refuseroit argent?* Auarus nulli rei præter quàm pecuniæ studet. *Vng auaricieux ne pense qu'a l'argent.* Tam eruditus quàm probus.

Adhæc coniunctiones copulatiuæ modi eiusdem verba amant, Sedeo & scribo.

Temporis interdum dissimilitudo est. Cicero pro Quintio, Mihi siquid deberetur, peterem, ac iudicio iampridē abstulissem. Hæc frequens emēdatè loquētium cōsuetudo : modi siquidem varietas tam raro obuia est, vt aures offendat. Cicero tamen ad Atticū, Nusquam, ait, facetius miserrimā vitam vel sustentabo, vel, quòd multò est meli⁹, abiecero. Et pro Quintio. Et in principio de Amicitia, Cum sæpe multa narraret, tum memini domi in hemicyclo sedētem, vt solebat, cum & ego essem vnà, & pauci admodum familiares, in eum sermonem illum incidere, qui tum ferè multis erat in ore. Quod Græcis nos debere tradit Budæus in Græcæ linguæ Commentarijs.

Præpositionum

CONSTRVCTIO.

Præpositio versa in aduerbium.

P Ræpositiones quæ citra casum vllum vsurpātur, in aduerbiorum naturam transeunt.

Extrà meiite.

An mare quod suprà memorē, quódque alluit infra?

Prope abest.

Præpositiones sine casu pro aduerbijs leguntur.
Persius,   -pueri,sacer est locus,extrà
Meijte. *Pissez ailleurs.*

Persius, Nec te quæsiueris extrá. *Regarde tes uertus,*
non pas ce qu'on dict de toy.

Salluffius,Pauca suprà repetam.

Quemadmodum rursus & aduerbia
quædam,accedente casu,in præpositiones transeunt:vt,

Procul,Coram,Clam,Palam.

Præpositionis aduerbiíque mutua enallage est, ac
pars,altera commutatur : cuius classis quatuor sentit
Erasm⁹, procul,corā,clam,palā,quæ natura sua aduerbia,accedente casu,præpositiones fiunt. vt Quintilianus lib.1,Singula proculdubio vitiosa sunt.

CASVS PRÆPOSITIONVM.

Quædam accusatiuum exigunt: vt
Intra parietes.   Extra vallum.

Præpositiones accusatiui casus sunt istæ:
Ad. Terētius in Andr. Pulchra quidem,sed nihil
ad nostram hanc.*ce n'est rien au regard de la nostre.*Nam
(nihil ad)formula comparationis est.

Apud.Cicero,Cum apud Pompeium fuissem.
Vado autem apud te,solœcismus.

Aduerſus. Terent.in Phorm.Ego te cõplures aduerſus ingenium meum menſes tuli.Ie t'ay ſouffert long
temps contre ma complexion ou nature.

Cis.Liuius,Cis montes caſtra Ligurum erant.Deçà
les mons.

Citra. Quintilianus,Tum nec citra muſicen gram
matice poteſt eſſe perfecta.Sans muſique.

Vltra. Vltra centeſimum lapidem . Hors la banlieue.
Digeſtis De officio præfecti vrbis.

Circa.Plautus,Redito huc circa meridiem.Retoưrnez
icy enuiron midy.

Extra.Cicero in Parad.Hiſtrio ſi paulum ſe mouit
extra numerum. S'il a faict une faulſe deſmarche ou diſcord.

· Intra. Intra parietes diſceptare, Cicero pro Quintio. Se mettre en arbitrage,en uouloir croire quelqu'un ſans fi-
gure de proces.

Inter.Horatius,Multa cadunt inter calicem,ſupre-
máque labra.Ce que l'homme propoſe,Dieu diſpoſe.

Ob.Cicero pro Rabirio,Mors ob oculos ſæpe ver
ſata eſt.

Per.Terentius,Quod ego per hanc te dexteram o-
ro,obteſtórque.

Præter.Terentius,Ita fugias,ne præter caſam.

Poſt.Cicero in Verrem,Quod nemo vnquam poſt
hominum memoriã fecit. Depuis que le monde eſt monde.
Terentius in Eunucho , Hîc ego ero poſt principia.
Derriere l'auant garde,Derriere les plus fors.

Secundum.Cicero,Proximè autem ſecũdum deos,
homines hominibus maxime vtiles eſſe poſſunt.

Supra.Plinius,Cicero ſupra omnem ingenij aleam
poſitus.Cicero a ſurmonté tous les entendemens humains.

Trans. Horat.Cælũ,non animum mutãt, qui trãs

mare currunt. *Mutation de pais ne rend pas les gens sages.*

Infra . Terentius in Eunu. Ego te esse infra omnes infimos homines puto. *Ie t'estime estre le moindre de tous.*

Prope te sedeo. *Ie suis assis pres de toy.*

Ante. Ouidius,   -dicíque beatus
Ante obitum nemo, supremáque funera debet.

Penes . Fides penes authorem sit, Vulgo, Ad pœnam libri.

Quædam ablatiuum: vt

Ab vrbe.

Quædam vtrunque, sed non eodem sensu.

Ablatiuo illa iunguntur:

A libellis, *Vng notaire.* A poculis, *Vng bouteiller.*

A pedibus, *Vng paige.*

A confessionibus reginæ, *Le confesseur de la royne.*

Ab epistolis, *Vng secretaire.* Hac enim periphrasi cognatum magistrum significamus. Vbi subauditur seruus aut minister : nequis eam circuitionem vnius vultus esse credat, quam orationem esse contendimus.

Cum. Damnũ appellandũ est cũ mala fama lucrũ.

Absque. Terentius, Absque eo esset.

De. Quintilianus libro 6, Amantes de forma iudicare non possunt. *Amour n'a regard ou elle se mett.*

Ex. Iuuenalis,   -lucri bonus est odor ex re
Qualibet. *C'est tout vng, mais qu'on en ait proufit.*

E. Laborat è capite. *La teste luy fait mal.*

Pro. Quintilianus libro 6, Pro facto est quicquid volumus. *Ce que nous voulons est tenu pour faict.*

Præ. Cicero in Lælio, Præ cæteris floruisset. *Sur tous cust eu la vogue.*

VARII CASVS PRAEPOSI-
TIONVM EARVNDEM.

IN.

In, cum significatur actus in loco, de-
syderat ablatiuum.

In animo est.   In foro versatur.

In pro erga, accusandi casum habet.

Optimo in te animo.

Item, In pro contra.

In omnes maledicus.

In pro ad.

In hoc incumbite.

In hoc natus sum.

In mercatum abiit.

Præpositionum quarundam constructio variat, sed
sensu prope diuerso.

In accusatiuo gaudet, vbi motio aliqua significatur. Cicero Terentiæ, Da te in viam. *Mettez uous en chemin.* Terentius in Phorm. Conijciam me in pedes. *Ie
leur môstreray les talons.* Quintilianus libro quinto, Tur
bantur enim, & à patronis diuersæ partes inducun-
tur in laqueum. *On les faict trebucher.*

Et pro super. Tu in vtranque dormias auré. *N'ayez
aucun soucy de cela.*

Et cum verbis additur, quorum actio in futurum
spectat. Terentius, In hunc diem sunt côstitutæ nuptiæ. *Il a este arreste que les nopces ce feront ce iour.*

N.ij.

Cum pro ad,vel pro. Catullus, In bonam accipias partem,rogamus. *Nous uous prions de prendre en gre.* Cicero, Incumbe per deos immortales in eam curam & cogitationem,quæ tibi dignitatem & laudem afferat. *Trauaillez a cela.*&,In hoc natus sum:pro ad hoc, siue ad hunc finem,oratio Quintiliano frequens.In mercatum abijt. *Il est alle au marche.* Cicero Offic. primo, Quò cum tánquam ad mercatum bonarum artium profectus sis,inanem redire turpissimum est. Terent. in Andria, Et pisciculos minutos ferre obolo in cœnam seni. *Pour le soupper du maistre.*

Pro erga. Petrus est optimo in te animo. *Pierre ha bõ uouloir enuers uous.* Tua in me officia infinita sunt. *Les plaisirs que uous m'auez faict, sont innumerables.*

Et pro contra. Quintilianus, Nam quidam vehementer in eam inuehi solent. Iohannes à Vallibus in omnes maledicus. *Mal disant a tous.*

Et pro ante. Terentius in Adelphis, Ah vereor coràm in os te laudare amplius. *I'ay honte uous collauder en uostre presence.*

Et pro vsque ad. Quintil. lib.12, Nec rursus differendum tyrocinium in senectutem. *Il ne fault pas atten dre a estre apprentif, iusques a tant qu'on soituieil.* Cum autem significatur actus in loco,vult ablatiuū. Liuius, In re præsenti disceptarent. *Sur le lieu.*

In procinctu est illi verborū copia. *Il est fort prompt.* Cicero, Nam mihi erat in animo mittere ad Dolabellam. Id est,volebam, atque constituebam. Veteres in hac significatione,Græca consuetudine,vsi sunt accu satiuo.Cicero de lege agraria, Aliquádo tamen lex in publicum proponitur. *On l'a fait publier.* Et in Parad. Et ea sentit quæ non sane probantur in vulgus. *Ita,*

In honorem effe, In mentem effe, In poteftatem effe, quæ Gellius annotauit. ·

SVB.

Sub nocte, id eft in nocte.

Sub noctem, id eft inftante nocte.

Sub ea, id eft poftea.

Item Sub , additum verbo motus ad locum, accufatiuum exigit.

Sub vmbram properemus.

Sub cum verbo quietis ablatiuum requirit.

Sub lodice.   Sub vmbra.

Sub , cum tempus, aut motum ad rem fignificat, accufatiuo datur. Cicero de Oratore, Ea quæ fub ocū los ipfa non cadunt. *Qui font inuifibles.*   Virgilius, Sub lucem exportant. Id eft circiter.

Idem, Sub noctem cura recurrit. Id eft inftante no cte. Nam (fub) fignificat & paulo ante, vel protinus poft. Cicero ad Plancum, Cum is frigidas fane & in-conftātes recitaffet literas Lepidi, fub eas ftatim reci-tatæ funt tuæ. Id eft poft eas.

Sub nocte autem fignificat intra noctem . Seneca ad Lucilium, Confilium nafci fub die debet.

Cum verbo quietis ablatiuum requirit. Horat. in Arte, Adhuc fub iudice lis eft . *Le proces eft demoure au croc.* Iuuenalis, -modo fub lodice relictis Vteris in turba. *Deffoubz la couerture du lict.*

SVPER.

Super numerum ingenuorum: id eſt vltra numerum.

Super hæc omnia: id eſt præter hæc omnia.

Super Priamo:id eſt de Priamo.

Super arbore ſidunt: id eſt in arbore.

Super pro vltra,accuſatiuum habet.Super numerum ingenuorum:Id eſt vltra.   Virgilius,

Saturno quondam, ſuper & Garamantas & Indos
Proferet imperium.

Et pro præter.Plinius in Epiſto.Nam cum vir grauiſſimus,doctiſſimus, diſertiſſimus, ſuper hæc occupatiſſimus.

Et cum ad locum ſignificat. Deſſus. Suetonius,Superque ſe ſubſellio ſecundo collocauit.

Cum ſitum ſignificat in loco,cũ accuſatiuo & ablatiuo conſtruitur.Virgil.Fronde ſuper viridi. Idem,
Super arbore ſidũt.Id eſt in arbore.Suetonius,Quatriduum ſuper ruptum aſſumptum.

Pro de, ablatiuum habet. Virgilius, Multa ſuper
Priamo rogitans,ſuper Hectore multa.

TENVS.

Tenus gaudet ablatiuo ſingulari, genitiuo plurali.

Pubetenus.   Crurumtenus.

Sed hæc videntur veluti compoſita:

quemadmodum & illa, Hactenus, Eatenus, Quatenus.

Tenus cum additur verbo multitudinis, résve ge-
minas significanti, genitiuum pluralem asciscit. Cru-
rum tenus, apud Virgilium. *Iusques au cuisses.* Aurium
tenus. *Iusques aux oreilles.* Nuptiarum tenus. *Iusques aux
nopces.* Quintilianus libro duodecimo, Aurium tenus in vsum lingua percepit.

Eadem præpositio cum cæteris dictionibus ablatiuo gaudet: vt, Vmbilico tenus. *Iusques au lombril.* Est au
tem significatio vsque ad. Apuleius, Pallio tenus phi
losophos imitatur. *Il ha la robbe d'ung homme de bien, &
ne l'est pas.* Virgilius,
Et lateri capulo tenus abdidit ensem. *Il luy a mis l'espee
au coste iusques au pommeau.*

Ex eadem voce coalescunt illa, Hactenus, hac fine:
Quatenus, qua fine. Eatenus, pro intatum Cicero dicit: quæ loci, aut temporis aduerbia sunt. Nam Hacte
nus, est vsque ad huc locum : Quatenus, vsque ad
quem locum, aut tempus.

VERSVS.

Postponitur & Versus suo casui:
Romam versus iter est.

Versus semper postponitur. Liuius, Romã versus.
Vers Romme. quæ præpositio in aduerbij naturam ver-
titur, quoties alia adest : vt, Ad occidentem versus.
Vers soleil couchant.

VSQVE.

Vsque raro sine altera præpositione re

peritur , & fignificat temporis aut loci magnitudinem.

Ad multam vſque noctem.

Ab extrema vſque India.

Vſurpatur & aduerbialiter, pro ſemper,ſiue continenter.

Celſus,Sed ieiunus etiã vſque ſudorẽ.*Iuſques a ſuer.* quæ alteri præpoſitioni affixa,tum loci, tum tẽporis aduerbium eſt: vt, Hinc vſque ad ſydera notus . Ex AEthiopia eſt vſque hæc.Et,In flumẽ vſque.Ab extrema vſque India.*Depuis Indie.*Item Vſque aduerbiũ, SEMPER ſonat. Terentius in Adelph. Me pugnis miſerum,& iſtam pſaltriam vſque occidit.

A.

A præponitur dictionibus incipientibus à conſonante.

A foro.   A caſtris.

A B.

Ab,incipientibus à vocali.

Ab omnibus.

Niſi ſint liquidæ,aut i conſonans.

Ab Ioue.   Ab rege.

A B S.

Abs,incipientibus abs q,& t.

Abs quouis.   Abs te.

A præpositio consonantibus omnibus recte præponitur. A foro venio. *Ie uiens de la court.*

Ab, duabus solis liquidis L, R, & I etiam consonan ti. vt Virgilius, Ab Ioue principium musæ. Ab rege. Nullam vero aliarum consonantium amat.

Abs autem non solum T præponitur : vt, Abs te: sed Q. Terētius, Abs quiuis homine beneficium accipere gaudeas.

PRAEPOSITIONES SEMPER COMPOSITAE.

Sunt quæ non inueniātur extra cō-positionem: Di, Dis, Re, Se, Am, Con. Diduco, Dissipo, Refero, Seiungo, Ambigo, Conuenio.

Quædam præpositiones nisi in compositione non leguntur: Di, Diduco: Dis, dissipo, *Dissiper.* Re, Refero, *Racópter.* Se, Seiungo, *Separer.* Am, Ambigo, *Doubter.* Con, Conuenio, *Parler.*

CON PRAEPOSITIO.

Con, ex quibusdā neutris facit transitiua.

Cōminxit lectū.   Cōspuit hominem. Concacauit.   Compluit. Conuomuit maritum.

Compositione variatur genus. Venio neutrū, conuenio te, id est alloquor: actiuū verbum dicito. Virg. Conuenit Anchisen. Ad hanc formam pertinēt, Cōminxit lectum . *Il a pissé au lict.* Conspuit hominem.

Quintil.lib.8,Sunt & duræ,id est à longinqua simi-
litudine ductæ:vt,Capitis niues. & Iuppiter hyber-
nas cana niue conspuit Alpes.

Conuomuit maritum.*Elle a uomy sur son mary.*

DE.

Deiicio:id est,ex alto iacio.

Deamo: id est,valde amo.

Desipit: id est,sapere desiit.

Deferbuit ætas.

Reclamat: id est,contra clamat.

Repetit: id est,denuo petit.

Retegit: id est,quod tectum est,aperit.

Deiicere,*Iecter du hault en bas*.Cicero,Si me ædilitate
deiecisset.

Plautus in Epid.Cum illa,quam tuus gnatus annos multos deamat, deperit. *Laquelle il ayme iusques au
mourir.*Hic accrescit primogenij intellectus,quem a-
liquando præpositio mutat.

Plautus in Epid.Desipiebam mentis.*I'estoye hors de
mon entendement.*

Deferbuit ætas.*L'ardeur de son aage est refroidie.*

Terentius in Adelph. Sperabam iam deferbuisse
adolescentiam.

Cic. Lent. Eius orationi vehementer reclamatum
est.*On a fort crié contre ce qu'il disoit.*Re enim aliquando
sonat ex aduerso.inde Cicero Offic.2, Fortunam re-
flare dixit,quæ est aduersa.*Contraire.*

Terentius in Andria, Hem,repudiatus repetor. *Ie
suis rappelé.*

Iuuenalis, Si tibi zelotypæ retegántur scrinia mœ-
chæ. *S'ilz sont descouuers.* Sic cum omnibus dictionibus
clausuram, tegiménve significantibus, R E mutat si-
gnificationem. Retexere, *Deffiller.*

De constructio-

ne Interiectionum.

o

Exclamantis, admittit voca-
tiuum, nominatiuum, & ac-
cusatiuum.

O dii immortales.   O vir fortis.
O insignem impudentiam.

Subauditur autem frequenter: vt,
Singularem impudentiam.

Interiectio, tacitus quidam affectionis sermo est,
qui in casus varios fertur, vt ô: quod vt dissimiles affectus, ita & casus petit.

Exultantis, cum nominatiuo. Terētius, O vir fortis, atque amicus. *Que tu es uaillant & bon amy.* Idem, O
factum bene. *Que cest bien faict.*

Lugentis, cum vocatiuo. Virgil. O dolor atque de-
cus magnum. *La grand douleur & le grand honneur que
cest.* Cic. O nox illa quæ tenebras attulisti.

Exclamantis, cum accusatiuo. Persius, O curas hominum, ô quantum est in rebus inane. *Que les gens se*

ſoũcient de cas, & qu'il y a de folies parmy le monde. O inſi-
gnem impudentiã. On n'a non plus de honte qu'ung chien.
Cicero, O váriam, voluciémque fortunam. Mon dieu
que la roue de fortune ſe change.

Minimé ignorandum, ô ſubaudiri, vbi affeɔtus eſt
parum vehemens: vt, Deum immortalem. Mon dieu.
(ô)intelligitur.

HEV, PROH, &c.

Heu pietas.   Heu ſtirpem inuiſam.
Proh Iuppiter:&, Proh deûm atque ho
minum fidem.
Hei mihi.   Væ tibi.   Ah tibi.

Heu dolentis accuſatiuis adhæret. Terent. Heu me
miſerũ. Miſerable que ie ſuis. Heu miſerã. Las miſerable que
feras tu. Nominatiuo iungitur. Plin. Heu dementia.
La grand folie.

Proh huc pertinet, quod cum inuocationi Dei ſeruit, vocatiuo, non accuſatiuo iungitur. Cicero in ſe-
cũda Antoniana, de nece Cæſaris loquẽs, Quæ enim
res, proh ſanɔte Iuppiter, nõ modo in hac vrbe, ſed in
omnibus terris eſt geſta maior? O mon dieu. Virgilius,
–proh Iuppiter ibit
Hic, ait, & noſtris illuſerit aduena regnis? Vbi excan-
deſcentis eſt. Alibi admirantis eodem modo cõſtru-
ɔtum. Plaut. in Pœnulo, Proh ſupreme Iuppiter, herus meus hic quidem eſt. Ieſu maria ceſt la mon maiſtre.

Conneɔtitur accuſatiuo, cum ſignificat implora-
tionem. Cicero in Lælio, Nam quis eſt (proh deûm
fidem atque hominũ) qui velit, vt neque diligat quẽ-
quam, nec ipſe ab vllo diligatur, circunfluere omni-

bus copijs ? Hoc notat Budæus in Commentarijs
Græcæ linguæ.

Væ imprecantis,datiuo gaudet.Terent.Væ capiti
tuo.Martialis,Væ tibi cauſidice. *Malheur te uienne.*

Hei lugentis,ſimilem caſum habet. Virgilius, Hei
mihi qualis erat . *Helas quel il eſtoit.* Et nominatiuum.
Terentius,Hei miſera.

Ah lugentis, ſine caſu Virgilius dicit, Ah ſilſce in
nuda connixa reliquit.

CEDO.

Cedò, flagitantis exhiberi , accuſati-
uum habet.

Cedò manum.   Cedò ſenem.

Cedò,flagitantis exhiberi,accuſatiuum petit.Terē-
tius in Phormione,Cedò ſenem.*Monſtre moy ton mai-*
ſtre. Idem, Cedò quenuis arbitrum. *I'en croiray qui il*
wouldras. Idem, Quin tu mihi argentum cedò. *Donne*
moy l'argent. Cedò manum. *Monſtre la main.* Plaut.in
Capt.Cedò manum.*Ca baille la main.*AE. hem manū.
Tien la uoila.

AMABO, OBSECRO, &c.

Amabo & Obſecro,blandientis: So-
des & Sultis, hortantis verba ſunt,& in
interiectionis naturam verſa, quemad-
modum & Age.

Amabo,eiúſque ſenſus Amabote,blandientis verba,in interiectionum naturā verſa ſunt. Cicero Attico,Sed amabo nil incommodo valetudinis tuæ feceris.*Mon amy.* Idem ad Quintum fratrem,Amabote

aduola:cõſolabor te. Mon *amy haſtez uous de uenir, ie uous conſoleray.* Plautus in Rudente, Quo amabo ibimus? *Mon amy ou yrons nous?*

Obſecro, vim eādem habet. Dic obſecro. *Diſtes mon amy.*

Sodes, Sis, Sultis, ad eandem claſſem referuntur. Terent. in Phorm. Viſamus ſodes . *Allons le ueoir ie te prie.* Sodes igitur, Obſecro, Amabo, blandientis inter- iectiones ſunt: ni hortātis aduerbia eſſe mauis. quod lectoris arbitrio liberum relinquo.

Sis, ſi vis: Sultis, ſi vultis: Sodes, ſi audes: ſolui ſo- lent. In his tamen omnibus copia eſt. Quorum qui- dem loco reprehenditur populariſ ſermo, Si placet amice. Sic, Audi amabo: non, Audi ſi placet.

Age item, Agite, Agedum, Agitedum, enallage af- ficiuntur. Aduerbium enim interiectione, ſiue aduer- bio hortantis commutatur, tamen cum diſcretione quadā. Nam age, modo ſingulari nectitur. Terētius, Age, ſi hic non inſanit ſatis ſua ſponte, inſtiga. Ra- rius plurali iungitur. Valerius Flaccus, Vos age funereas ad littora voluite ſyluas.

Agite, plurali. Virgilius, Quare agite ô tectis iuuenes ſuccedite noſtris.

Agedum, vtrique. Quintilianus, Agedū, ſi videtur, extra portas proſpicite.

Agitedum, plurali. Liuius, Agitedum ite mecum.

Age, agite, agedum, Agitedum. *Sus or auant, prenez courage.*

EXCVDEBAT ROB. STEPHANVS
PARISIIS, ANN. M. D. XXXVII.
VIII. CAL. NOVEMB.

www.ingramcontent.com/pod-product-compliance
Lightning Source LLC
Chambersburg PA
CBHW051824020726
47502CB00005B/1615